Quando os prédios começaram a cair

Mauro Paz

Quando os prédios começaram a cair

todavia

Parte 1

I

Georgia desapareceu no dia em que o primeiro prédio caiu em São Paulo. Era uma terça-feira de junho. Apesar do inverno, fazia calor. A certeza de Georgia aparecer às terças e quintas me deixava tranquilo. Transávamos um pouco. Acendíamos um baseado. Às vezes dava tempo para um café. Depois, ela ia embora. Georgia era tudo que eu tinha. Fazia meses que eu sabia disso, mas naquela tarde de junho enxerguei de forma nítida. Enquanto Georgia fumava nua na porta da sacada, Caetano cantava pela caixinha de som e o ar seco da cidade trazia o cheiro de maconha para dentro da quitinete, percebi que a minha vida havia se reduzido a esperar as terças e quintas para morder a bunda daquela mulher vinte anos mais nova do que eu e me sentir um pouco menos fracassado. Não desperdicei a oportunidade.

— Sem marcas — Georgia riu. Alcançou o baseado para eu dar um pega.

Traguei e me estirei no sofá-cama. Olhos fechados. Pau tombado para o lado. Fiquei ali por uns segundos. Minutos, talvez. Então os vidros da janela tremeram. A televisão na estante tremeu. E a voz de Caetano saiu mais tremida do que o normal.

— Subiu uma fumaça estranha no céu — Georgia disse.

Quando abri os olhos, Georgia vestia a calcinha. Telefone na mão.

— Precisam de mim. Caiu um prédio.

— Você é bombeira? — sentei com as mãos atrás da nuca.

Georgia ignorou a pergunta. Virou de costas e prendeu o fecho do sutiã. Nem atentei para o fato de que um prédio viera abaixo. Gostava de ver Georgia se vestir. Havia cumplicidade naquilo. Pequena, mas havia. Não entendi por que ela precisava sair com tanta pressa. Devia ser coisa de trabalho. Arrisquei outras profissões. Enfermeira. Assistente social. Engenheira.

— Aqui eu sou a mina que transa com você e vai embora — Georgia prendeu os cabelos em um rabo de cavalo.

— Você vem na quinta?

— Eu já faltei alguma?

Georgia terminou de vestir o jeans e logo percebeu o celular nas minhas mãos. Escondeu o rosto com a bolsa. A foto ficou um borrão. Georgia me deu um beijo rápido. Disse que voltava na quinta. Ainda escondida atrás da bolsa, abriu a porta do apartamento. Antes de sair, mandou um beijo. Na segunda foto, tive mais sucesso com o foco, não com o enquadramento. Georgia era apenas um rosto espremido entre o vão da porta e a bolsa.

2

Depois que Georgia saiu, fui até a sacada. O trânsito do centro estava parado. Sirenes se misturavam a buzinas. Poucas quadras adiante, uma nuvem cinza nascia dos prédios. Era um cinza espesso. Pensei em descer. Tive preguiça. No celular, abri o portal de notícias. A manchete principal anunciava a queda de um prédio no centro. Cliquei. O prédio se chamava edifício Glória. Nove andares. Ficava próximo à estação da Luz, na General Osório. A câmera de segurança pendurada no cruzamento a uns cinquenta metros de distância registrou o desabamento. O vídeo mostrava dois motoristas conversando num ponto de táxi. Na calçada em frente ao prédio, uma mulher com bebê no colo pedia dinheiro. Assim que uma senhora entregou uns trocados, a base da construção desmoronou. Uma nuvem de poeira engoliu tudo ao redor. À medida que as janelas dos andares superiores despencavam, sumiam em meio ao pó. Mesmo depois de o prédio cair por completo e os cacos de concreto se amontoarem por todos os lados da rua, a poeira resistia no ar. Uma nota pequena ao fim da reportagem dizia que os técnicos da prefeitura estavam no local, mas ainda era cedo para apontar o motivo da queda. Uma equipe reforçada de bombeiros buscava por sobreviventes.

Aquela não era a primeira notícia sobre desabamento que eu via na semana. Dias antes, o telejornal mostrou a queda de um bloco residencial em Hong Kong. Era um edifício enorme. Mais de vinte andares. Dezenas de janelinhas empilhadas. O bloco ficava de frente para outros dois prédios. A foto que vi passava uma sensação de claustrofobia. Estimava-se que o desastre levara mais de cem almas. Gente pobre, que o governo nem fez questão de contar com exatidão.

3

Na semana anterior ao desabamento, passei em frente ao edifício Glória. O prédio tinha pichações de cima a baixo. Paredes descascadas. Na porta, um sujeito alto, braços cruzados e óculos escuros, fiscalizava o movimento. Os traficantes de crack comandavam a área. Faziam dinheiro com os viciados e não investiam nada em manutenção. Um ano antes, a marquise do edifício Glória havia caído. O morador de rua que dormia embaixo dela morreu na hora. Isso portal nenhum noticiou. Eu evitava passar pela região da Luz. Você nunca sabe o que um viciado é capaz de fazer para comprar crack. Além disso, as ruas fediam a cocô humano. Ou, na melhor das hipóteses, creolina. Não que na República, onde eu morava, as coisas fossem diferentes. Há tempos o centro da cidade estava abandonado. Acontece que na cracolândia rolava um fenômeno ímpar. A região reunia centenas de dependentes. Eles sentavam em rodas no meio das ruas. Embrulhados em cobertores, fumavam crack em cachimbos improvisados com pedaços de alumínio. Alguns vagavam com o olhar perdido. Todos com ossos pontudos e a pele gasta pela droga. Havia lixo e tendas por toda parte.

Quando o último prefeito assumiu, disse que a primeira meta era pôr fim à cracolândia. Primeiro mandou helicópteros. Depois um batalhão. A polícia usou balas de borracha e bombas de gás lacrimogêneo. Os usuários contra-atacaram. Atearam fogo nos montes de lixo. Cenário de guerra. A resistência não teve fôlego. Logo os policiais avançaram. Apreenderam armas e drogas em prédios da região. O prefeito concedeu entrevista na semana seguinte. Disse que a operação fora um sucesso. Menos de três meses depois, a tribo estava toda de volta às ruas, numa rave eterna, vinte e quatro horas por dia, fumando crack sem parar.

4

Conheci Georgia num desses aplicativos de relacionamento. JP me mostrou como funcionava numa tarde no escritório. Baixei muito tempo depois, quando fui morar sozinho. Precisava de um nome para o perfil. Escolhi Solano. Escrevi na descrição: "Cara legal procura alguém para um lance". Adicionei uma foto que não mostrava o rosto. Era uma foto de uns três anos antes que tirei sem camisa no banheiro de casa. Estava uns bons quilos mais magro, mas ainda refletia o que eu era. Por não mostrar o rosto, todas as mulheres perguntavam se eu era casado. Ajustei o texto para "Solteiro legal procura alguém para um lance". Não adiantou. Seguiram me perguntando mesmo assim. Num mundo em que as pessoas tiram mais selfies do que dão bom-dia, um sujeito que não mostra o rosto sempre é suspeito. Nas primeiras semanas o app foi divertido. Saí com uma mulher diferente por dia. Logo perdeu a graça. Todo aquele ritual me deu preguiça. Papinho no chat. Date num bar. Gastar uma grana com drinques em troca da incerteza de acabar a noite com sexo bom. Às vezes acontecia pior, a conversa no bar era tão ruim que nem em sexo a noite terminava.

A última garota com quem saí nas primeiras semanas foi uma loira grandona de cabelo fino. Era bonita, apesar do rosto marcado pela acne e dos olhos tristes. Reclamou a noite inteira do ex-emprego. Sete anos numa empresa têxtil. Entrou como estagiária e saiu como gerente de marketing. Surtou de tanto trabalhar. Depois de meses de licença, pediu as contas. Foi a melhor coisa que fez na vida. Agora estava numa fase zen, me disse. Não pareceu. Acendia um cigarro atrás do outro. Bebia rápido. Depois de contar que o pai morreu num acidente de trânsito quanto ela tinha oito anos, passou a mão por baixo da mesa e alisou a minha virilha. Perguntou se eu não tinha algo para beber em casa. Peguei o telefone para pedir um Uber. Ela falou que estava de carro. No caminho, não parou de falar. Sabia que ninguém mais tinha carro. Era um puta gasto, mas ela curtia pegar a estrada. Além disso, guardava um plano para aquele carro. Tive certeza de que ela pretendia se matar numa curva contra um caminhão. Foi muito estranha a coisa toda no apartamento. Abrimos umas cervejas. Fumamos um baseado. Durante a transa, parecia que havia um cadáver embaixo de mim. A ideia de que ela queria se matar não me saía da cabeça. Nem sei como fiquei de pau duro.

Depois dessa, dei um tempo no app. Muita gente deprimida por lá. Eu não sabia se estava tão fodido a ponto de só atrair esse tipo de mulher ou se o ritmo de trabalho da cidade havia deixado todo mundo doente. O fato é que começar uma nova conversa me dava preguiça. Até porque todas as conversas eram iguais. A rotatividade é tão grande nesses aplicativos que ninguém faz o menor esforço para parecer interessante. JP tinha paciência para esse negócio. Toda hora exibia uma garota diferente. JP gostava de jogar conversa fora. Eu, não. Fiz duas semanas de detox longe de chats e likes.

Numa tarde de bobeira, abri o app de novo. Na notificação de crush, Georgia. Vinte e cinco anos. Quase duas décadas mais nova do que eu. Na foto de perfil, ela estava na praia, com uma blusa branca e óculos escuros de armação dourada. O vento cobria parte do rosto com o cabelo, mas deixava espaço para o sorriso espontâneo. Georgia puxou conversa no chat: "Um lance não é um romance, certo?". Achei engraçado. "Ninguém quer romance aqui", respondi.

No perfil de Georgia, havia uns álbuns de música destacados. Todos dos anos 90. Foi por aí que comecei a conversa. Comentei que era estranho alguém com vinte e poucos anos gostar de tanta banda antiga. Georgia respondeu que preferia velharia, por isso tinha dado crush comigo. Ri tão alto que as pessoas da padaria onde eu tomava um pingado pararam para ver do que se tratava. Seguimos a conversa sobre bandas. Eu preferia o *Unplugged*, do Nirvana. Georgia, o *In Utero*. Eu, *Ok Computer*. Georgia, *The Bends*. Os dois concordavam que Pearl Jam era chato pra cacete. Esse assunto rendeu quase dois dias. Quando chamei Georgia para sair, ela respondeu que estava fora da cidade. Só podia na semana seguinte. Nesse meio-tempo, falamos cada vez mais. A gente comentava as situações mais comuns: o meu vizinho que escutava Wando no volume máximo; o balconista que pediu a identidade de Georgia para vender um maço de cigarros; o encontro de terraplanistas que aconteceria no centro da cidade.

Uma semana depois, finalmente marcamos num bar do centro. Cheguei dez minutos antes. Fazia um calor fodido. Sentei numa mesa ao fundo do bar e pedi uma cerveja. Vinte minutos depois do combinado, nada de Georgia. As pessoas me olhavam com pena. Ou pelo menos eu julgava assim. O mais provável é que ninguém dava a mínima, mas beber sozinho me deixava constrangido à beça. Dei o fim da garrafa de cerveja como limite para ir embora. Georgia apareceu quando o garçom trazia a conta. Pediu desculpa e abriu um sorriso enorme. Como se fosse dona do bar, levantou o braço para pedir uma cerveja e outro copo. Mesmo depois de uma semana de conversa furada no app, eu não fazia ideia do que dizer. Georgia agora tinha rosto. Um belo rosto com olhos castanhos, queixo pequeno e lábios finos. Uma mistura de índia com europeu que resultou num cabelo preto comprido com volume rebelde. Georgia quebrou o gelo. Perguntou em que galpão abandonado eu roubaria o rim dela.

— Não sei. Eu só atraio a vítima. Os russos definem o local — respondi.

O resto da conversa rolou como se a gente se conhecesse havia uma década. Trinta minutos depois estávamos na minha casa. Pelados. Eu nunca soube onde Georgia morava, no que trabalhava, se era casada, nem seu nome verdadeiro. Sabia que apareceria às cinco da tarde, terças e quintas. Essa rotina durou três meses.

5

Dois dias após a queda do edifício Glória, a nuvem de poeira resistia sobre o centro da cidade. Era como um nevoeiro. Dificultava a visão, deixava uma camada de fuligem na lataria dos carros e fodia a minha rinite. Os escombros bloqueavam a rua. Bombeiros trabalhavam sem parar na remoção de corpos e concreto. Para facilitar o trabalho, agentes da prefeitura interditaram a via com cavaletes. Assim, todos os ônibus que circulavam por ali passaram a trafegar pela frente do meu prédio, o que fez do trânsito no centro um inferno permanente. Apesar desse contratempo, as pessoas seguiam suas vidas. Os carrinhos de madeira serviam bolo e café ao povo que saía do metrô. Uns caras pediam grana pra comprar crack. Eu caminhava com cachorros. Não que amasse pets, foi apenas o jeito que arrumei para fazer dinheiro. Além disso, a psiquiatra aconselhou contato com animais depois do último surto de ansiedade. O ideal seriam cavalos. Pentear crinas dá uma paz incrível. Recomendo. Difícil era conseguir um cavalo perto do centro de São Paulo. Então me inscrevi num aplicativo chamado PetWalker. Em poucas semanas, fiz uma clientela razoável entre os hipsters de Santa Cecília e os abonados de Higienópolis. Cada cachorro rendia trezentos reais por mês.

Naquela quinta-feira, levei quatro cachorros ao parque Buenos Aires. Sentei num dos bancos à beira do gramado. Soltei Nino, um maltês barulhento, e Paçoca para brincarem. Prendi os outros na perna de ferro do banco. Nino corria em círculos. Paçoca, fora de forma, tentava acompanhar. Acendi um baseado para ver o tempo passar. Queria que as cinco horas chegassem logo. Queria Georgia na minha casa. Queria esquecer por alguns minutos a vida de merda que eu levava escondido naquele prédio decadente.

6

Enquanto fumava, reparei que Paçoca lembrava Márcia, uma cachorra que tive na infância. Escolhi o nome em homenagem à professora que me alfabetizou. Com sete anos, não imaginava que aquela era uma ideia tosca. Meu pai, o adulto mais próximo, não fez o menor esforço para me explicar. Assim como Paçoca, Márcia era uma vira-lata obesa e malhada. Preta e caramelo. Tinha a coluna arqueada e os caninos saltados para os lados. Parecia uma hiena. Não sei de onde meu pai tirou aquela desgraça. Talvez em uma aposta. Meu pai apostava qualquer coisa no boteco. Fórmula 1, futebol, sinuca, dominó. Perdia quase sempre. Quando ganhava o prêmio, era algo bizarro como uma samambaia ou um moedor de carne. É bem provável que Márcia surgiu de uma aposta dessas. Apesar de feia, era uma cachorra amável. Quando eu saía para jogar futebol, ela pulava o muro para me seguir. Durante a partida, corria na beira do campo como se estivesse torcendo. Os garotos do bairro zoavam, diziam que Márcia era minha namorada. Naquele tempo, cachorro comia de tudo. Arroz, feijão, carne, qualquer resto. Deve ser por isso que ela era forte pra cacete. Morreu de velha, com uns doze anos. Desde aquela época detesto livro e filme que tenha cachorro na história. Os autores são muito clichês. Enfiam os bichos no enredo só para arrancar lágrimas do público. Pode reparar, na maior parte das histórias o cachorro morre ou se machuca. É apelação pura.

7

Ao contrário de Márcia, Paçoca cresceu num apartamento com ração balanceada e brinquedos de borracha. Meio mimada. Desistiu de correr atrás do Nino. Veio na minha direção com a língua babada. Os outros cães latiram para receber a colega. Estiquei a mão para acariciar Paçoca atrás do pescoço e prendi o engate da guia na argola da coleira de couro. Chamei Nino, mas não adiantou. Ele correu com uma energia sem fim, o filho da puta. Aproveitei para enviar uma mensagem para Georgia.

"Cinco horas lá em casa?"

Mensagem recebida e não lida. Faltava meia hora para as cinco. Apaguei a ponta na madeira do banco. Levantei para buscar o maltês. Endiabrado, o floco de pelo latiu. Saltitou. Correu para trás de um arbusto. Nino sempre fazia isso. Dei meia-volta e fui na direção dos outros cachorros. Frida, uma cocker spaniel, foi a primeira a levantar. Argos, o boxer, o segundo. Deitada, Paçoca precisou que eu desse um tranco na guia para tomar uma atitude. Quase no portão do parque, Nino nos alcançou. Prendi a coleira e comecei a ronda para devolver os cachorros.

A dona da Paçoca era uma artista plástica ruiva de cabeleira cacheada e peitos grandes. Flávia morava num apartamento enorme que usava também como ateliê. Ficava próximo à avenida Angélica. Desceu pra buscar Paçoca e perguntou se eu queria água ou café. Quase aceitei. Eu gostava do camisetão branco cheio de tinta respingada que ela vestia. Agradeci e vazei. No caminho, espiei o telefone algumas vezes. Nenhum sinal de Georgia. Às vezes ela fazia dessas. Sumia durante a semana, na hora marcada, aparecia.

Cheguei ao prédio de Nino e toquei o interfone. Dois caminhões de bombeiro passaram com sirenes ligadas. Toquei o interfone de novo. Ninguém respondeu. Abri o PetWalker para ver o número do telefone do dono de Nino. A ligação chamou, chamou, ninguém atendeu. Enviei uma mensagem de texto:

"Boa tarde, César. Cheguei com o Nino aqui embaixo. Por favor, pode descer? Tenho um compromisso."

Fiquei plantado lá embaixo por mais uns minutos. Enviei outra mensagem. Avisei que entregaria os outros cachorros, voltava em dez minutos. A dona de Frida morava na mesma quadra. Vivia num estúdio espelhado e usava um perfume doce, forte à beça. Nos poucos segundos entre eu entregar a Frida e pegar o dinheiro, o cheiro colava na roupa. Acho que ela fazia programa. Isso nunca me importou. Vanda era muito educada e dava uma boa gorjeta. De volta à calçada, Argos e Nino embestaram com um mendigo que catava latas na lixeira. Nino só fazia barulho. Argos era forte. Avançou na direção do mendigo enquanto eu conferia se havia alguma resposta de Georgia no telefone. O homem ficou pálido. Perguntei se o cachorro chegou a morder. Ele disse que não. Fiquei mal com a situação e dei cinco reais como pedido de desculpas. O dono de Argos era um hipster folgado. Passava o dia de pijama. Cabelo despenteado. Um bigode horrível. Dizia que era músico. Quando sentiu o perfume de Vanda na minha roupa, perguntou se eu havia levado Argos para um puteiro. Deixei que ele risse sozinho até perceber o papel de trouxa que fazia e pegar a coleira do cachorro.

Voltei ao prédio de Nino. O dono não respondeu às mensagens, nem às ligações, nem ao maldito interfone. Faltavam poucos minutos para as cinco horas. Se Georgia chegasse e eu não estivesse em casa, provavelmente iria embora. Fiquei puto. Prendi a guia de Nino na grade do edifício. Dei três passos e Nino desatou a latir. Coluna ereta. Rabo em pé. Latia como se falasse "Não me deixa aqui, meu chapa". Detesto ver bicho sofrer. Antes de chegar à esquina me arrependi. Dei meia-volta. Soltei a coleira de Nino da grade e levei ele para minha casa.

8

Cheguei ao prédio passavam dez minutos das cinco. Dagu, um dos caras que se revezavam na portaria, fez piada quando viu Nino. Ui, cachorrinho de madame. Ri para não perder a amizade. Subi. Em casa, enchi um potinho plástico com água e deixei Nino na sacada. Pelo vidro, ele me assistiu dar uma geral no apartamento. Estiquei o lençol, o edredom. Alinhei as almofadas e acendi um incenso de laranjeira. Catei as roupas espalhadas. Levei uma cerveja para o sofá. Na televisão, a repórter dava as últimas notícias sobre o desabamento do edifício Glória. Vinte e sete mortos. Oito desaparecidos. Onze resgatados pelos bombeiros. A reportagem mostrava também as famílias dos prédios vizinhos. Toda a pequena quadra foi desocupada. Os engenheiros da Secretaria de Obras temiam outros desabamentos. Cem famílias removidas para o ginásio da prefeitura. As investigações sobre o motivo da queda seguiam em aberto. Havia a denúncia de que o laudo de vistoria não constava nos arquivos da Secretaria.

Eram cinco e meia e nada de Georgia aparecer. Ela nunca atrasava. Mandei outra mensagem. Depois de cinco minutos, mais uma. Respiração pesada. Nem a segunda cerveja deu conta da ansiedade. Aumentei o volume da televisão. Não que eu estivesse interessado em ouvir o prefeito se eximir da culpa pela falta de fiscalização da estrutura do prédio. O som da televisão me fazia companhia. Fui para a sacada. Fechei um baseado. Ali de cima eu conseguia ver se Georgia chegasse. Nino pulou pedindo colo. Senti o celular tremer no bolso. Número não cadastrado.

— Seu filho da puta, ficou maluco? Onde está meu cachorro?

— Boa tarde. Avisei que eu tinha compromisso. Trouxe Nino pra casa. Está feliz da vida aqui. Fique tranquilo.

O tal do César queria Nino de volta imediatamente. Expliquei que estava à espera de uma pessoa. Passei o meu endereço. César respondeu que não pisaria no pulgueiro onde eu morava. Falou que eu era um bosta, um cretino e todo tipo de insultos que o dono de uma Mercedes se sente no direito de dizer a um prestador de serviço que cata o cocô do cachorro dele em troca de meia dúzia de reais. Depois desse ponto, respirei fundo. Pedi desculpas pelo desencontro. Disse que à noite entregaria Nino e deixei César relinchar sozinho.

9

Georgia não apareceu. Oito horas, desci com Nino. Bastante movimento na Major Sertório. Os entregadores disputavam espaço na ciclovia. Os botecos cheios. Todos os olhos para o jogo do São Paulo nas telas das televisões. Cruzei a Amaral Gurgel. Embaixo do viaduto, um adolescente fotografava o namorado encostado no grafite de um dos pilares. A brincadeira não durou dois minutos. Um garoto de bicicleta levou o celular. O casal assistiu sem reação à bicicleta ganhar distância. Subi a avenida Higienópolis até a Itacolomi, onde Nino morava. Toquei o interfone. A poeira e o ar seco irritaram a minha visão. Sentia uma montanha de areia entre as pálpebras e os olhos. Esfregar não ajudou em nada. Quando César desceu, eu enxergava embaçado. O cretino nem deu tempo para eu explicar a situação. Pegou Nino no colo. A cabeça gorda entalada na camisa quase a ponto de explodir. César disse que eu era um moleque. Por isso, estava desempregado. Um vizinho espiou pela janela a gritaria. César falou também que por conta de bostas como eu o país não avançava. Na Alemanha, absurdos assim jamais aconteciam. Faria uma denúncia contra mim no aplicativo. Quase perguntei por que ele não mudava para a Alemanha. Depois pensei em contar que estava desempregado porque fodi a cabeça trabalhando com sociopatas como ele. Por último, pensei em agarrar César pela gravata e esmurrar a cara de sapo dele até cansar a mão. Mantive a calma. Precisava do dinheiro dos passeios. A grana andava curta. O aluguel vencia na semana seguinte. Pedi desculpas mais uma vez e fui embora.

10

Cheguei em casa tenso. Deixei a televisão num filme de suspense para relaxar. *A janela secreta*. JP detestava aquele tipo de filme. Gostava só de umas besteiras cult, tipo cinema iraniano. Nisso a gente nunca concordou. Se eu fosse escritor ou roteirista, escreveria algo como o Stephen King. O cara é um gênio. Quem assistiu *O iluminado* sabe. Ninguém tem mais livros adaptados para o cinema do que Stephen King. Além de ganhar uma puta grana, ele vive de boa. Toca guitarra. Tem uns cachorros estranhos. E não fica por aí falando abobrinha intelectualoide.

Para o JP o maior escritor de todos os tempos é o Cortázar. Nunca li nada do Cortázar. JP até me deu de aniversário um romance do cara. *O jogo da amarelinha*, um tijolo com quase quinhentas páginas. Procurei o resumo na internet para o caso de JP perguntar o que achei do livro. *O jogo da amarelinha* conta a história de um cara que vaga por Paris à procura de uma namorada maluca e diverga sobre a vida. Só o resumo já me deu sono. *It* é um livro bom. *O cemitério* é um livro bom. Quer dizer, imagino que sejam bons. Só assisti aos filmes. Uma vez li que Stephen King doava quatro milhões de dólares por ano para bibliotecas, bombeiros, escolas e organizações que apoiam as artes. O que JP já apoiou? Porra nenhuma. E ele tem dinheiro pra cacete.

II

Bebi demais. Tive uma noite horrível. Meu nariz não parava de escorrer por conta do pó vindo da rua. Para piorar, de madrugada ele apareceu. Na guarda da cama. Parado. Com roupa escura. Rosto turvo. Olhava para mim em silêncio. Tentei me mover, o corpo não respondeu. Ele tocou meus pés com a mão fria. O ar não chegava aos pulmões. Quem estava atrás daquela sombra? Quando o meu braço direito me obedeceu, acendi a lâmpada de cabeceira.

12

Sempre tive certeza de que espíritos não existiam. Assim que fui morar no edifício João Ramalho, isso mudou. Na primeira noite, eu lia as notícias sentado na sala quando senti o corpo inteiro arrepiar. Era como se alguém estivesse atrás de mim. Uma presença pesada. Insistente. Liguei a televisão. Deixei num desses programas de humor lamentáveis de canal aberto. Levei uns minutos para relaxar. Depois disso, toda vez que eu ia à cozinha, a pele arrepiava. Então vieram os sonhos. Uma vez em que dormi no sofá, ele surgiu como uma nuvem preta. Vagou sobre os móveis. Sentou ao meu lado. Na manhã seguinte, eu não sabia distinguir se tinha sido um sonho ou verdade. Perguntei ao Erik, o porteiro, se alguém morreu no apartamento. Ele preferiu não comentar. Disse que o Adriano sabia melhor da história. Acontece que o Adriano, o ex-policial que administrava o prédio, não era dado a conversas com moradores. Depois de acertar o aluguel, a única vez que conversei com Adriano foi num encontro no elevador.

— Olha o que fizeram com o vagabundo — Adriano me mostrou um vídeo no celular.

Numa sala fechada, nos fundos de um supermercado, dois seguranças estalavam um chicote nas costas nuas de um adolescente. O garoto chorava. Implorava pelo fim da tortura. Adriano ria. Disse que os seguranças pegaram o guri com um pacote de bolacha embaixo da blusa. Por essa lembrança, deixei o assunto da assombração quieto. Talvez fosse alguém que Adriano matou. Talvez fosse piração da minha cabeça estragada. Que mal um espírito podia me fazer? Li num site que incensos eram bons para espantar esse tipo de energia. *Bad vibes.* Comprei uma caixa de um hippie na rua. Os incensos fediam um pouco, mas adiantaram. Meu colega de apartamento passou uns meses sem se manifestar. O filho da mãe ressurgiu logo que tudo ficou torto.

13

Acordei às cinco da manhã. Ansiedade a mil. Na cidade o silêncio nunca é completo, nem de madrugada. Cabeça no travesseiro, olhos fechados, os sons ao redor me cutucavam. Uma moto. Gatos brigando. Uma sirene. O berro de um bêbado. O cabo do elevador trabalhando. O apito de ré do caminhão de lixo. Ou apenas ele: o ronco permanente dos pneus no asfalto, a respiração da cidade. Aquele barulho grave, constante, pressionava o meu peito com as duas mãos. Impossível dormir. Fui ao banheiro limpar o nariz com soro fisiológico. Em seguida, apliquei um spray antialérgico. Olhava o telefone a cada dois minutos na expectativa de que Georgia desse sinal de vida. Comecei uma série de exercícios para jogar energia fora. Depois de completar quarenta anos, a gordura acumulada na barriga se tornou inevitável e atrapalhava um pouco os movimentos. A cada dia eu sentia os músculos perderem tonicidade. Mesmo assim, ainda dava conta de um circuito básico. Dez flexões. Dez barras. Trinta abdominais. Depois repetia tudo. Suar esvaziava a cabeça. A psiquiatra recomendou exercícios físicos, contato com animais e Escitalopram, uma vez ao dia. Eu não gostava de malhar. JP era obcecado. Me incentivou a procurar uma academia. Ele levantava de madrugada para pedalar. Percorria trinta quilômetros. Depois nadava quarenta minutos. Tomava suplementos e vivia uma rotina regrada para competir em provas de triatlo. JP sonhava que eu o acompanhasse no treino de bicicleta pela manhã. Nunca fui. Um pouco por preguiça, outro tanto por medo de me tornar um alucinado por resultados igual a ele. Eu malhava o básico, poucas vezes por semana. Depois que a médica recomendou e percebi o quanto me tranquilizava, aumentei a frequência.

O circuito de exercícios me ajudou a relaxar. O problema é que, ao colar a cara no chão para fazer as flexões, respirei mais poeira. A rinite piorou. Enquanto tomava café, tive um acesso de espirros tão forte que fiquei tonto, sem ar. A quitinete estava coberta de pó. Fechei o vidro da janela. Baixei os basculantes do banheiro. Prendi uma camiseta umedecida ao redor da cabeça, cobrindo o nariz. Só uma faxina ia me livrar dos espirros.

Atrás da estante da televisão, a poeira acumulada encontrava fios de cabelo de Georgia. Formava uma pequena bola. Tirei o excesso de pó com a vassoura. Em seguida, passei um pano com água e desinfetante. O cheiro de eucalipto abriu as vias nasais. Um sucesso. Arredei a mesinha auxiliar, a cadeira, o cesto de roupas sujas. Repeti a operação. Vassoura. Pano. Embaixo do sofá, encontrei uma mochila caída. Era de náilon, azul-escura. Dentro, um par de sapatilhas, uma toalha de banho, uma malha de balé e um nécessaire com xampu, sabonete líquido e um rolo de esparadrapo. O xampu tinha o perfume dos cabelos de Georgia, camomila. A malha trazia o bordado do Studio Lenita Soares.

14

Nunca imaginei que Georgia dançasse balé. Mas fazia sentido. Os braços magros. As pernas fortes. O jeito suave de andar descalça pelo apartamento. Coluna reta. As pontas dos pés tocavam primeiro o chão. Os calcanhares sempre leves. A leveza de Georgia não se limitava ao andar. Estava também em como sentava sobre as pernas, de lado. Ou como segurava um copo de cerveja. Ou como cruzava os braços para tirar a blusa. A presença rarefeita de Georgia era vida pra mim. Eu que julgava a minha vida seca. Consumida. Exilada num bloco de concreto a cinquenta metros de altura. Eu, que mais parecia uma assombração, fui tirado para dançar por aquela mulher que convivia comigo por mensagens de celular, aparecia para transar quando queria e me dizia a sangue-frio que não tinha tempo para se apaixonar.

Eu pediria para Georgia dançar. Talvez houvesse espaço na sala se eu arredasse o sofá e a estante da televisão. Imaginei Georgia rodopiando. Pés descalços. Cabelo solto. Na caixinha de som, uma sonata de Mozart. Os braços de Georgia rodavam. Esticavam-se e contraíam-se em movimentos gentis. Georgia dançava de olhos fechados. Cada movimento nascia como se ela, a música e a sala fossem uma coisa só. Eu era apenas espectador.

15

Não sei muito de música clássica. Imaginei Georgia dançando Mozart porque é o pouco que conheço. Li sobre ele numa revista enquanto esperava a psiquiatra. Segundo o artigo, Wolfgang Amadeus Mozart viveu até os trinta e cinco anos. Começou a escrever para piano e violino com cinco. Compôs mais de seiscentas músicas. O que faz dele praticamente o Stephen King da música clássica. Depois reparei que diversos filmes baseados em livros do King têm na trilha sonora músicas do Mozart. O artigo da revista falava de uma pesquisa realizada na Universidade da Califórnia. O estudo do Instituto de Neurobiologia teve como base trinta e seis alunos. Os alunos, separados em três grupos, receberam a mesma série de tarefas mentais. Antes de cada tarefa, o grupo 1 esperou dez minutos em silêncio, o grupo 2 ouviu instruções de relaxamento e o grupo 3 ouviu Mozart. Nem preciso contar qual grupo resolveu os problemas mais rápido. Depois disso, passei a escutar Mozart diariamente. Meus problemas seguiram iguais. Pelo menos, fiquei mais calmo. Comentei com a psiquiatra. Talvez ela recomendasse para outros surtados. Afinal era mais fácil encontrar álbuns do Mozart na internet do que um cavalo para pentear.

Naquela época, fiquei obcecado por Mozart. Li tudo que encontrei. Ao contrário de mim, encostado por invalidez, Mozart foi um modelo de produtividade. Compôs uma média de vinte obras por ano. Uma ponto seis por mês, durante três décadas. Os liberais de hoje vibrariam com um cidadão desses. Viveu pouco. Produziu muito. E não gerou custos previdenciários. Não se sabe ao certo como Mozart morreu. Eu apostaria que foi de estresse, estafa e depressão. Leopold, o pai dele, era músico. Violinista. Trabalhava numa igreja de Salzburgo. Ganhava pouco e viu no filho de cinco anos uma oportunidade de fazer dinheiro. Na corte de Viena, o pequeno Wolfgang impressionou os nobres. Um episódio famoso aconteceu quando ele se apresentou pela primeira vez à família imperial da Áustria. Com o sucesso Leopold pediu licença do emprego para viajar com Mozart a tiracolo. Ali começou uma carreira frenética de apresentações imposta pela disciplina do pai. Mozart conquistou muita fama. Aceitava encomenda de músicas. Dava aulas de piano. Não sei se ele era feliz. Provavelmente, não. Gastava muito com jogos e bebida. Quando Leopold morreu, em 1787, Mozart não compareceu ao enterro. Seria incrível se Stephen King escrevesse um livro de terror sobre Mozart e o pai.

16

Procurei o Studio Lenita Soares na internet. Ficava no bairro de Perdizes, a duas quadras do meu antigo prédio. Revirei as fotos que marcavam o endereço do estúdio. Georgia não aparecia em nenhuma. Depois de tomar café e o remédio, liguei para o estúdio. Queria descobrir o nome verdadeiro de Georgia. Atendeu uma mulher de voz estridente e dicção enrolada. Talvez usasse aparelho. Inventei uma história maluca de que eu trabalhava em um restaurante e encontrei a mochila de uma aluna. Queria devolver. Perguntei para a atendente se ela saberia me dizer o nome de uma aluna de uns vinte e cinco anos, com pele morena e cabelo escuro. A descrição não ajudou muito. A mulher respondeu que havia muitas alunas com aquelas características. De qualquer forma, não daria informações sobre as alunas por telefone. Desligou.

17

À tarde, abri o PetWalker para ver quais dos amigos peludos iriam passear. Meu cadastro estava bloqueado. Tinha um aviso para entrar em contato com a administração do app. O garoto que atendeu disse que recebi uma reclamação gravíssima de um usuário. Por isso, eu ficaria três dias de gancho. Agradeci pela péssima notícia e desliguei.

Fui ao prédio da Flávia e toquei o interfone. Disse que tive um problema na conta do app. Podia passear com Paçoca e receber em dinheiro por fora. A ruiva respondeu que não se sentia confortável. Ainda inventou a desculpa de que raramente tinha dinheiro vivo em casa. Eu disse que entendia. Daria conta de resolver o mal-entendido.

Os outros donos de cachorros fariam o mesmo. Eles sabiam que ninguém era cortado do aplicativo por nada. Voltei para casa. Liguei de novo para o estúdio de balé na esperança de outra pessoa atender. Pelo jeito, a recepcionista que falou comigo de manhã fazia turno integral. Desliguei sem dizer nada.

18

À noite, procurei a mensagem certa para enviar a Georgia. Escrevi dois rascunhos. No primeiro, perguntei se estava tudo bem. Disse que a queda do prédio bagunçou a cidade. O trânsito estava um inferno. Ela devia estar cheia de trabalho, mas eu sentia falta de ter ela por perto. Depois de ler algumas vezes, achei cafona à beça. No segundo rascunho, disse que considerava uma falta de consideração enorme ela não dar sinal de vida. Falei também que eu não precisava me sujeitar a uma pessoa sem responsabilidade emocional. Apaguei. Conforme a ansiedade batia, enviei uma sequência de mensagens curtas sem pé nem cabeça. Mais ou menos com trinta minutos de intervalo uma da outra.

"Tudo bem por aí?"

"Você deve estar ocupada, né?"

"Sua mochila do balé está aqui"

"Pode falar?"

"Senti sua falta"

"Fiz alguma coisa?"

"Precisa de ajuda?"

"Vou dormir. Boa noite"

"Se tiver tempo, aparece amanhã"

Tomei banho antes de dormir. Lavei o cabelo com o xampu da Georgia. Bati uma e levei o cheiro de Georgia para a cama. Difícil pegar no sono com tanta bosta junta na minha vida. Olhei no potinho. A maconha estava no final. Era melhor economizar. Dormi depois de tomar um comprimido de Zolpidem.

19

Um tremor me acordou de madrugada. Durou alguns segundos. As janelas balançaram. Escutei gritos de pânico. O choro de uma criança. Pedidos de socorro. O som da sirene dos bombeiros. O remédio ainda fazia efeito. Lutei para levantar. Dormi de novo. Quando acordei pela manhã, pensei que o tremor, os gritos e tudo mais fizessem parte de um sonho bizarro. Não faziam. Outro prédio foi ao chão. Um que ficava atrás da minha rua, em frente a uma galeria de lojas. Assim que li a notícia, desci para ver a bagunça de perto. Os destroços quebraram um canto da fachada da galeria. Todas as bancas estavam fechadas. Centenas de curiosos atrás do cordão de isolamento assistiam a cinco trios de bombeiros que atuavam de forma coordenada na busca por sobreviventes. Em cada trio, um dos bombeiros gritava "Tem alguém aqui?". Enquanto os demais colavam os ouvidos nos restos de concreto na tentativa de escutar alguma resposta.

O dono da banca de revistas na quadra ao lado tirou os óculos de leitura para me contar o que sabia. Assim como o edifício Glória, não havia um motivo específico para a queda. Até o momento, os bombeiros haviam encontrado cinco sobreviventes e vinte e três corpos. Moravam mais de oitenta pessoas no prédio de quinze andares. Boa parte dos moradores dormia quando a construção veio abaixo.

20

"Prefiro morrer dormindo, como meu avô. E não gritando como os passageiros do ônibus que ele dirigia." Meu pai sempre contava essa piada sem graça. Mestre Carlos, como o chamavam em Alfenas, brincava com tudo. Meu pai nunca estudou. Aprendeu a construir casas embaixo do sol. Quando bebia, contava vantagem. Dizia que construiu mais de cem casas. Era amigo de todos os peões e bêbados locais. Ganhou o cargo de mestre de obras de Jair Fraga, um vereador pilantra dono de loteamentos em reservas ambientais. O negócio dava grana. Minha família teria uma boa vida se o Mestre Carlos não adorasse jogar e encher a cara. Recebia na sexta. Sábado acordava devendo.

Lembro pouco da minha mãe. Laíde era uma mulher baixa com traços indígenas. Usava os cabelos escuros presos. Tinha o abraço morno. Cheiro de cebola nas mãos. Gritava alto quando Mestre Carlos pedia dinheiro para dívida de jogo ou conta de bar. Os bate-bocas aconteciam tarde da noite, hora em que minha mãe chegava do restaurante onde cozinhava. Eu acordava com os berros. Colava na cama. Respiração apertada. Nervoso. Cheio de medo de que aqueles malucos se matassem. O único ponto positivo das brigas é que naquelas noites minha mãe dormia comigo. Isso até eu completar cinco anos de idade. A lembrança mais viva que tenho da infância é a manhã em que minha mãe foi embora. Era sábado. Meus pais tinham discutido na noite anterior. Minha mãe não dormiu comigo. De madrugada, escutei um barulho na cozinha. Levantei descalço no chão frio. Laíde tinha uma sacola de couro nas mãos. Abaixou para me beijar a testa. Deu um abraço. Cheirou meu pescoço e mandou eu voltar para a cama. Na manhã seguinte, meu pai saiu desesperado pela cidade. Fiquei com Clarice, a vizinha que cuidava de mim durante a semana. Só três dias depois entendi que minha mãe tinha me deixado para trás. Nunca perdoei Mestre Carlos.

21

"Sete pessoas sobreviveram. Entre elas, o estudante Saul Gonçalves, que mandou uma selfie para a família e gravou vídeos enquanto estava sob os escombros. As imagens inéditas feitas pelo Saul e a entrevista exclusiva com ele você vê agora." Foi mais ou menos assim que o apresentador do *Jornal da Noite* chamou a reportagem. Então, entrou em cena o tal Saul Gonçalves, um jovem com cabelo cacheado de uns vinte e poucos anos. Sentado na cama do hospital com uma camiseta verde, Saul falava de um jeito infantilizado. Contou que assistia a uma série na televisão e conversava com o namorado por mensagem no celular quando sentiu o prédio tremer. Teve um apagão. Acordou em meio aos escombros. Levou alguns minutos para entender onde estava. Então usou o telefone para tirar uma selfie e avisar a família que estava vivo. Na foto, Saul aparece sorrindo e faz sinal positivo com o dedão. Uma maquete digital do edifício Marta surgiu na tela. O desenho tridimensional rotacionava enquanto o repórter comentava que Saul morava no oitavo andar e sobreviveu por ficar entre o vão de um pilar de concreto. A porcaria da reportagem continuou por mais dez minutos. O que a TV não mostrou foram as barracas que surgiram no largo em frente ao meu prédio. Iglus de diferentes cores e tamanhos. Dentro, famílias inteiras. Todos moradores removidos da quadra do edifício Marta. Sem lugar próximo para acomodar as pessoas, a prefeitura deu a opção de ficarem em um ginásio a dez quilômetros de distância. Como muitos trabalhavam próximo ao centro, optaram por acampar. Os comerciantes da região detestaram a ideia. Chamaram Adriano, o ex-policial que se intitulava zelador do meu prédio. Ele desceu acompanhado de cinco capangas. Chegou falando alto. Logo que ouvi a gritaria, fui para a janela acompanhar. Adriano chutou a leiteira de uma mulher que cozinhava com um fogareiro de chão. Disse que o largo não era lugar para desabrigado. Era para darem meia-volta. Um grupo de homens do acampamento comprou a briga. Foi soco para todo lado. Adriano, Dagu e os outros caras aqui do prédio usavam pedaços de pau. Um senhor de cabelo muito branco tombou com a cabeça sangrando. A confusão acabou quando Adriano sacou a arma e disparou dois tiros para o alto. Disse que os acampados tinham até o final da tarde para saírem de lá.

22

Quando saí de Perdizes, o edifício João Ramalho ofereceu as condições que eu procurava. Nada de cadastro em banco ou seguradora, nada de contratos registrados em cartório ou qualquer documento que denunciasse meu paradeiro. O pagamento adiantado mais a palavra de Adriano garantiam a transação. Eu sabia que a milícia comandava o prédio. Não se tratava do único na região. O esquema era um grande acordo entre especuladores imobiliários, políticos e policiais sedentos por grana extra. Os milicianos alugavam apartamentos nos prédios desocupados caindo aos pedaços. Os políticos fingiam não saber de nada. E os especuladores esperavam o momento econômico certo para demolir tudo e subir edifícios maiores. Prédios como o João Ramalho se proliferaram. Para morar no centro, ou você pagava à milícia ou aos traficantes que comandavam a região da Luz. A vantagem de morar num prédio da milícia é que ao menos eles faziam alguma manutenção. O elevador funcionava. Poucas lâmpadas dos corredores não acendiam. Lavavam o depósito de lixo duas vezes por semana. Quase não se viam baratas no prédio. A desvantagem era que a milícia controlava tudo. Água. Luz. Gás. Cesta de alimentos. Gato de TV por assinatura. Drogas. Cigarros falsificados. Você era obrigado a comprar tudo dos milicianos e da rede associada. Os associados nada mais eram do que todos os comerciantes dos arredores que, coagidos, pagavam uma taxa mensal à milícia em troca de segurança. Aos milicianos cabia também a higienização. Ou seja, enxotar mendigos e viciados para a região não se tornar um inferno incontrolável como a cracolândia. Acho que essa era a parte de que a turma do Adriano mais gostava: bater em morador de rua. Quando alguém do prédio atrasava o pagamento, Adriano também não economizava virilidade. Assisti Dagu atirar pela janela todas as roupas de uma família do nono andar, enquanto, na calçada, Adriano socava o morador na frente da esposa grávida e da filha de sete anos. Garotas e mães solo eram tratadas com mais delicadeza. Adriano zerava a dívida em troca de sexo. Depois comentava pelos corredores. Um lorde.

23

Eu gostava de imaginar JP em um prédio da milícia. Como ele reagiria ao perceber o esquema que Adriano mantinha no João Ramalho? É bem provável que JP não fizesse nada. Como bom economista, ele opinava sobre tudo e agia muito pouco. Meu ex-amigo nasceu no Hospital Albert Einstein. Cresceu no Jardim Europa. Fez *secondary school* em Londres, economia na USP e MBA em Yale. O pai o educou para tocar os negócios da família no mercado financeiro. Na faculdade, JP se tornou marxista. Pelo menos ele se denominava assim. Eu o classificava de outra forma. Era apenas um liberal que não sentia prazer em ver pobres morrerem de fome. Na melhor das hipóteses, um revolucionário movido a café gourmet que reconhecia o valor de uma temporada na Europa. Por isso, JP nunca renunciou ao trabalho na financeira do pai. Quem sou eu pra julgar?

24

A confusão dos milicianos com os acampados atrapalhou o plano de ir ao estúdio de balé. Voltar a Perdizes era igual a reencontrar o passado. Vesti uma camiseta GG que boiava em mim. Enterrei um boné até o meio da testa. Comprei uns óculos escuros cromados na banca de um camelô. Fui de ônibus. Por sorte, naquela hora da tarde o transporte público era vazio. O estúdio ficava numa casa grande próxima à esquina da Monte Alegre com a Turiassu. Da porta, vi meu antigo prédio. Andei mais rápido. O plano consistia em entrar no estúdio. Descobrir o nome de Georgia. Voltar para casa e futricar por mais informações na internet.

Reconheci a voz estridente da recepcionista. A fisionomia da mulher não combinava em nada com a que imaginei. Ela tinha olhos ligeiros e dedos curtos com unhas roídas. Era baixa e troncuda.

— O que seria para o senhor? — a recepcionista abriu um sorriso planejado. — Sua filha quer dançar?

— Eu liguei ontem. Trabalho num restaurante — reparei que ela se incomodou com o fato de eu não tirar os óculos escuros. — Uma aluna...

— Sim, eu lembro — a recepcionista olhou direto por entre os óculos como se tentasse me decifrar. — No que posso ajudar?

Mostrei a mochila e a malha com o bordado do estúdio. Disse que, se ela me desse o nome da aluna, eu a encontrava para devolver a mochila.

— Desculpe, mas eu não sou médium. Todas as alunas usam a mesma malha — a recepcionista tirou a malha da minha mão para examinar. — Vamos fazer o seguinte, você deixa a mochila. Eu coloco um aviso no mural. Caso a dona apareça, digo que o senhor foi muito prestativo.

— Prefiro entregar em mãos.

— Vai tentar tirar um dinheiro dela?

— Acho que você me entendeu mal.

A recepcionista não quis conversa. Fez sinal para o segurança. Disse para eu me retirar antes que fosse retirado. O segurança esticou as sobrancelhas e indicou a porta. Arranquei a malha das mãos da recepcionista e fui embora.

Na saída do estúdio, cruzei com uma mulher na faixa da idade de Georgia. Pensei em pedir informação. Reparei o segurança no meu rastro. Precisava de outra tática. Caminhei para longe. Era mais seguro pegar o ônibus na Barra Funda. Enquanto andava, procurava Georgia no rosto de qualquer mulher que passasse. Se Georgia topasse morar comigo, eu mudaria do centro. Iria para um lugar decente, longe de Adriano e tudo mais. Talvez alugasse uma casa de bairro. Casas são ótimas para crianças. Mais espaço. Contato com a natureza. Não sei de onde eu ia tirar dinheiro para um filho, mas gostava de especular sobre o assunto. Nunca comentei com Georgia. Nem sequer perguntei se ela gostava de criança. Devia gostar. Georgia tinha olhos de mãe.

25

Durante a adolescência, aturei todo tipo de piada sobre mãe. Cansei de entrar em briga. Volta e meia surgiam boatos sobre o paradeiro de Laíde. Diziam que foi vista num puteiro de Londrina. Diziam que casou com um bombeiro para os lados de Sorocaba. Diziam que foi estuprada e morta por caminhoneiros. Teve até a história de que minha mãe trabalhava com João de Deus. Dona Elza, uma costureira sexagenária, operou a catarata com o homem em Abadiânia. Voltou espalhando essa conversa. Pensei algumas vezes em procurá-la. Tive medo. O que se diz para uma mãe dez anos depois de ela abandonar você?

Com catorze anos, arrumei emprego no mercado do seu Gomes. Eu carregava caixas. Organizava produtos nas estantes. Marcava preço. Ganhava meio salário mínimo. Boa parte ficava no próprio mercado para cobrir as compras penduradas por meu pai. Gomes simpatizava comigo. Foi ele quem me ensinou como fazer o controle de caixa no caderninho. Peguei gosto pelas finanças. Guardava dinheiro numa caixa de tênis que ficava dentro do roupeiro, na prateleira mais alta. Todo mês Mestre Carlos pedia dinheiro emprestado. Nunca pagou um tostão. Parei de emprestar. Três meses depois, minhas economias sumiram da caixa. Meu pai nem fez questão de esconder que pegou o dinheiro para trocar o radiador do Opala.

— Nunca cobrei nada para você morar aqui. Não custa ajudar — disse Mestre Carlos.

Catei o banco da cozinha. Parti para cima dele. Acertei no

peito o primeiro golpe. Depois ele tirou o banco de mim. Acertou dois tapas na minha cara.

Pensei em tacar fogo no Opala. Meu pai amava aquele carro. Seis cilindros. As sinaleiras eram minúsculas e pontudas. Esse modelo saiu apenas no ano de 72. Apesar de velho, o Opala do Mestre Carlos apresentava poucos riscos na lataria vermelha e preta. Talvez uns arranhões bastassem para me vingar. Talvez mijar no estofamento. Ou colocar óleo de cozinha no tanque de gasolina. Eu sabia que uma vingança não seria o final da guerra. Preferi esfriar a cabeça.

Fiquei uma semana na casa de Júlia, minha primeira namorada. Toda noite o pai de Júlia mandava indiretas do tipo "Ficou grande esta família" ou "Come por dois teu namorado, hein, Júlia?". Voltei para casa. Não falei mais com meu pai. O dinheiro que eu guardei depois desse rolo, deixava na casa de Júlia. Juntei o suficiente para sair da cidade.

Na semana em que peguei o certificado de conclusão do ensino médio, comprei uma passagem de ônibus sem Júlia saber. Enfiei as melhores roupas na mochila. Não me despedi de meu pai nem de ninguém. Acabei o namoro por telefone, quando pisei em São Paulo. Foi mais triste do que eu planejei na estrada. Júlia era minha única amiga. Nos conhecemos no primeiro ano do ensino médio, logo que ela chegou a Alfenas. Fiquei apaixonado pelo sotaque chiado que ela trouxe do Rio. Júlia se apaixonou sei lá por qual motivo. Ela tinha certeza de que passaríamos muitos anos juntos. No orelhão do terminal Tietê, pedi que não me procurasse nem mandasse cartas. Era melhor. Logo você encontra um cara legal, eu disse. Coloquei o fone no gancho.

Parte 2

I

Três dias. O tempo de um feriado prolongado. Quem nunca ficou de pijama em casa durante um feriado inteiro? Em tempos tranquilos, você desperdiça três dias de vida num piscar de olhos. Em momentos nervosos, três dias são o suficiente para o mundo virar de ponta-cabeça.

O que parecia um problema dos prédios do centro de São Paulo, em três dias ganhou escala global. Nova York. Pequim. Roma. Madri. Buenos Aires. Todas essas cidades registravam desabamentos. Vinte e cinco prédios ao todo. No Brasil, Porto Alegre, Fortaleza e Rio de Janeiro registraram os primeiros casos. Enquanto o centro de São Paulo somava mais três quedas. O ponto em comum dos desabamentos é que as edificações tinham mais de cinco andares.

Apesar de os principais jornais mostrarem que se tratava de um problema global, o nosso presidente aproveitava a situação para atacar os adversários políticos, em especial o prefeito de São Paulo. Numa coletiva, culpou as prefeituras pelas quedas dos prédios. Apontou o dedo para as câmeras ao falar de corrupção, vista grossa e falta de fiscalização dos órgãos responsáveis por obras urbanas.

Na verdade, não havia certeza alguma sobre os desabamentos. Enquanto as teorias se multiplicavam, centenas de famílias foram removidas das áreas ao redor das ruínas. Em geral, dormiam em ginásios municipais. Recebiam doações de roupas e comida. Em São Paulo, os ginásios não davam mais conta. Acampamentos de desabrigados surgiam em diversos pontos da cidade.

2

Georgia talvez estivesse na linha de frente. Talvez morta. Talvez não quisesse me encontrar. Vigiar o Studio Lenita Soares era o único plano disponível. Só não dava para ficar exposto em Perdizes. Além da alta probabilidade de encontrar algum conhecido, eu ainda conquistei a antipatia da recepcionista e do segurança do estúdio. Procurei na internet "como elaborar um disfarce". A primeira resposta do buscador era um link do wikiHow. Cliquei só por diversão. Adoro a forma como o wikiHow ilustra tutoriais para os temas mais aleatórios. "Como fazer amigos", "Como treinar para ser um ninja" e "Como dar um nó na haste de cereja com a língua", por exemplo. A melhor parte, depois das ilustrações, são os passos dos tutoriais. É incrível pensar que uma pessoa escreveu a sério algo como "Para se adequar ao estilo dos ninjas, você terá de aprender a agir sem a luz do sol".

O tutorial sobre disfarces trazia sete passos:

1. Mude o cabelo;
2. Use óculos comuns ou de sol;
3. Use maquiagem;
4. Mude a sua postura;
5. Use acessórios;
6. Aparente uma idade diferente;
7. Desenvolva uma nova persona.

Gostei da primeira dica. Há tempos eu pensava em raspar o cabelo. Quando fico nervoso além do normal, surgem pequenas bolhas, machucadinhos, no couro cabeludo. A maior parte próxima à nuca. São feridinhas. Ardem à beça. Impossível não coçar. Quando você coça, começa um ciclo infinito. Coça, cria casquinha. Coça, cria casquinha.

Entre todas as dicas do wikiHow, porém, a última me pareceu a mais interessante. Criar uma nova persona dava profundidade ao disfarce. Peguei uma folha de papel em branco e uma caneta. Que tipo de pessoa não chamaria atenção em frente a um estúdio de balé? Cogitei um cego vendedor de bilhetes de loteria. O problema seria desembolsar o valor dos bilhetes. Decidi por um fiscal de ônibus. Genérico. Não exigia uniforme. Com uma camisa de manga curta para dentro da calça, óculos escuros e uma prancheta, estava feito.

Raspei o cabelo com a zero. Só não arrematei com a navalha por medo de rasgar as feridas. Tirei a barba. Deixei o bigode. Encontrei um vídeo de Halloween que explicava como usar maquiagem para parecer mais velho. Muito didático. Anotei os produtos que o tutorial indicava e fui a uma loja enorme do centro. A vendedora com cabelo loiro demais me deu uma aula extra sobre os tipos de maquiagem. Perguntou se era para minha esposa. Tentou empurrar as mais caras. Contei que eu era viúvo. Desempregado. As maquiagens eram para uma festa à fantasia da minha filhinha de cinco anos. A mulher se comoveu. Apresentou as melhores opções custo/benefício. Em frente ao espelho, estojos de maquiagens abertos, o tutorial se tornou um pouco mais complicado do que na primeira vez que assisti. O primeiro passo era lavar bem o rosto para tirar a oleosidade. Em seguida, apliquei uma camada fina de base. Gente velha tem aparência mais pálida. Com um lápis marrom, reforcei as linhas de expressão ao redor da boca, na testa e nos pés de galinha. Fiz umas olheiras com sombra marrom.

Para fixar, apliquei pó facial em uma esponja. Cobri tudo, rosto e pescoço. Por fim, joguei água fria no rosto e sequei de leve com papel-toalha.

Disfarce pronto. Careca. Bigode. Cara de velho. Camisa e prancheta. Nem me reconheci quando olhei no espelho. Fiz uma selfie com o celular. Pena não ter um amigo para enviar o antes e depois.

3

Desci do ônibus dois pontos antes do Studio Lenita Soares. Era começo da tarde. Aproveitei o trajeto para treinar um jeito de andar que combinasse com o disfarce. Pés dez para às duas. Barriga solta para a frente. Parei no ponto de ônibus próximo ao estúdio. Nem sinal do segurança. O ponto de ônibus não tinha cobertura. O sol me fazia transpirar pra cacete, o que achei ótimo. As marcas de suor na roupa eram bons detalhes para o meu personagem. Quando faltava pouco para uma hora, começou a função com um grupo de alunas entre oito e dez anos. Os carros dos pais surgiam numa sequência quase programada. Subiam a calçada rebaixada. A porta do carona se abria. Uma menininha vestida com malha e cabelo preso com coque descia. O carro partia depois de uma buzinadinha. Anotei na prancheta as informações sobre o horário e a faixa etária da turma. Nesse meio-tempo, uma vendedora ambulante passou duas vezes oferecendo paçoca. Agradeci na primeira passada. Expliquei que realmente não tinha dinheiro para comprar. A mulher resmungou algo como se me amaldiçoasse e foi embora. Mal sabia ela que a minha vida já era amaldiçoada. Talvez um feitiço novo cancelasse o anterior, que me perseguia desde que minha mãe foi embora de Alfenas. A turma das duas horas era de garotas mais velhas. Quinze anos mais ou menos. Algumas chegaram com os pais. Outras, caminhando pelas ruas do bairro ou de ônibus. Sempre que a porta dos ônibus abria, os motoristas estranhavam a minha presença. Há muito tempo os ônibus eram rastreados por GPS. O.k., era um disfarce anacrônico, mas ninguém tirou satisfação. Apenas uma mãe que dirigia um Volvo blindado não tirava os olhos de mim enquanto a filha desembarcava. Os vidros do carro eram escurecidos. Não vi detalhes do rosto. Reparei no volume do cabelo crespo e no queixo apontado na minha direção. Antes que as adolescentes saíssem, chegou o grupo de alunas com mais de dezoito anos. Pelo horário e idade, Georgia dançava com elas. Esperei até quatro e quinze. Georgia não apareceu. Então entrei no primeiro ônibus rumo ao centro.

4

Ao desembarcar do ônibus no centro, encontrei um prédio caído. Na verdade, ele não caiu direito. Era um edifício comercial, cheio de salas com advogados, despachantes, contadores, dentistas e garotas de programa. Ficava na Brigadeiro Tobias, próximo ao terminal da praça Pedro Lessa. Quando desci do ônibus, encontrei o prédio de doze andares inclinado quarenta graus. A estrutura inteira escorada na construção ao lado, um espigão enorme. Aconteceu por volta das cinco da tarde. Salas lotadas nos dois prédios. Acompanhei a movimentação da linha de isolamento feita pela polícia. O edifício mais alto foi evacuado em menos de quinze minutos. No prédio tombado, a situação complicou bastante. Os que trabalhavam nos primeiros andares fugiram pelas escadas de emergência. Para as pessoas dos andares superiores, a escada partida ao meio ficou inacessível. Um grupo de bombeiros estendeu a rede de resgate. Na janela do prédio, uma fila de pessoas testava o medo antes de pular. Era questão de tempo para as duas construções desabarem. Cinco escadas laterais foram apoiadas no prédio. As pessoas ao meu redor começaram a gritar. Uma senhora apontou para os últimos andares. A cortina de poeira no ar da cidade dificultava que eu entendesse o que todos olhavam. Usei a mão como viseira para cobrir a luminosidade. Então vi o homem de camisa branca apoiado na janela. Ele pulou. O corpo duro despencou no ar. Braços colados ao tronco. Pernas juntas. Pendurada pelo ar, a gravata resistia à queda naqueles dois ou três segundos que duram meses na minha memória.

5

Foi a primeira vez que vi alguém morrer. Ou se matar. Não sei bem se considero suicídio. Tecnicamente foi. Naquela situação, talvez eu fizesse a mesma escolha. O fato é que Cléber Figueira Lopes pulou por vontade própria. O prédio tombado desabou por completo vinte minutos mais tarde. Estimam que trinta e oito pessoas não saíram a tempo. Por sorte o edifício maior foi completamente evacuado. De qualquer forma, o terminal de ônibus teve de ser realocado duas quadras para baixo. Bombeiros de bairros distantes engrossaram a busca pelos corpos. O ar do centro piorou ainda mais. Depois desse dia, algumas pessoas passaram a usar máscaras respiratórias nas ruas.

Suicídios são muito comuns no mercado financeiro. Em cinco anos, perdi três colegas. Ao contrário do que as pessoas pensam, nunca vi alguém do mercado se matar por perder milhões em ações. Sobrevivemos a muitas crises. Meus colegas se mataram por depressão e estresse.

O caso que mais me pegou foi o de Cristina. Aconteceu em 2019, um dos melhores anos da Bovespa. Trinta por cento de valorização. Cristina era analista sênior do mercado de alimentos, mãe de uma menina de dois anos. Pulou do heliponto do prédio da corretora. Sabe-se lá como ela chegou ao alto do edifício. Recebi a notícia por uma mensagem de texto de JP. Quando olhei pela janela do escritório, os médicos carregavam o que sobrou do corpo para a ambulância. Nunca fui grande amigo de Cristina. Isso me deixou culpado à beça.

Nos dávamos bem dentro do que se espera de colegas de trabalho. Cristina vestia calças sociais pretas, largas, com camisas de seda coloridas. Combinações horríveis. Sorria sempre sem mostrar os dentes. Parecia boa gente. Chegava cedo ao escritório, saía tarde. Carregava na testa: tomo tarja preta. Num almoço perguntei qual remédio Cristina usava. Queria comparar efeitos colaterais com o antidepressivo que eu tomava na época. Cristina desconversou. Às vezes pular de um prédio parece mais fácil do que conversar com alguém sobre nossos problemas.

6

Logo que você começa a tomar Escitalopram, é comum ter vertigens. Com o decorrer do tempo, isso alivia. Apesar de as vertigens me atrapalharem no passeio com os cachorros, o pior foi um sintoma recorrente que os médicos chamam de *blunting*. Eu tive bastante. As emoções ficam achatadas. Você não fica triste nem feliz. Fica indiferente. Aí a dosagem deve ser ajustada ou combinada com outro medicamento. No meu caso, combinei com Bupium. Deu certo por um tempo, mas comecei a ficar mal-humorado, impaciente e mais irritado do que o comum. Preferi o *blunting*. A libido também fica instável. Some e volta. O Bupium ajudou com isso. Ou foi Georgia. Não sei. Quando me esqueço de tomar Escitalopram, fico mal. Um dia o remédio acabou. Eu não tinha receita. Fiquei várias horas sem tomar. Tive tremedeira, vontade de chorar, angústia, tontura, falta de ar. Era noite. A psiquiatra não atendia o telefone. Eu sentia a morte ao meu lado. Atravessei a cidade às sete da manhã. O ônibus transbordava de gente. Esperei a psiquiatra na porta do consultório. Corri com a receita para a primeira farmácia que encontrei. Depois sentei num banco de praça e vi a rua ganhar cor de novo. Um ponto positivo do Escitalopram é que ele dá uma baita levantada. Um dia eu me sentia um lixo e no outro estava na rua rindo. Um lance bem interessante do remédio são os sonhos muito reais. Longos. Parecem filmes coreanos. Sonhei uma noite inteira que estava penteando a crina de um cavalo preto. A crina era muito comprida, quase alcançava o chão. Volta e meia o cavalo sorria para mim. Cogitei que os sonhos com o espírito fossem efeito do remédio. O problema era sentir a presença dele também acordado.

7

Georgia desaparecida. PetWalker bloqueado. Para completar, a cena de Cléber Figueira Lopes despencar da janela se repetia sem parar quando eu fechava os olhos. Cléber com o corpo duro. Braços colados ao tronco. Pernas juntas. Gravata tremulante. O barulho seco de Cléber ao encontrar o chão. Fiquei tão tenso que os músculos do pescoço travaram. Para movimentos laterais, a cabeça acompanhava o corpo. Eu precisava de maconha para relaxar. Meu fornecedor era um garoto que passava o dia vestido de palhaço num farol da avenida Angélica. Para disfarçar, pedia dinheiro aos motoristas depois de um número desastrado com bolinhas de tênis. Na verdade, meu amigo tinha os bolsos cheios de pacotes de maconha e buchas de cocaína. Eu gostava do arlequim. Ótimo varejista. Sempre saía com piadas do tipo "Bem--vindo ao McDealer Feliz, o drive-thru mais movimentado da cidade". O problema é que, com aquela dor, não dava para caminhar até Higienópolis. Desci ao térreo à procura de Dagu. Encontrei Erick na portaria. Sem chance de falar sobre drogas com ele. Sempre acompanhado por uma edição de bolso da Bíblia, Erick fazia o tipo miliciano evangélico. Perguntei sobre Dagu. Ele disse que o viu pela última vez no sentido da garagem.

A iluminação da garagem não funcionava. Pouca luz entrava pelas janelinhas laterais quase coladas no teto. Encontrei Dagu perto de um canto cheio de móveis quebrados. Ele arremessava sacos plásticos para dentro do contêiner de lixo.

— Dormiu na fôrma, meu chapa? — disse Dagu ao me ver caminhar igual a um robô.

— Tem alguma erva para vender? — mostrei uma nota de cinquenta reais.

— Qual foi? Nem curto essas paradas — Dagu soltou o saco de lixo no chão.

— Não quis ofender. É que você tem pinta de negociante. Sabe de tudo que rola por aqui — ri por dentro. Mais de uma vez encontrei Dagu fumando na praça cercado por estudantes.

Rosto fechado, ele me encarou. Coçou a barba.

— Seguinte, um amigo de um amigo falou de uma mina que vende camisetas aqui em frente e também mexe com esses esquemas — Dagu pegou um saco e arremessou sobre a borda do contêiner. — Confere lá.

Agradeci. Fiz uma nota mental. Comprar um fardo de cerveja para Dagu quando eu voltasse a ter algum dinheiro sobrando.

As camisetas estendidas sobre o lençol eram horríveis. Ainda bem que a vendedora tinha outras fontes de renda. Fiz de conta que olhava as camisetas.

— Vai alguma aí, irmão? — a mulher levantou da cadeira de praia e veio em minha direção. Usava uma camiseta regata. Exibia uma tatuagem torta no antebraço direito. Era o rosto de uma menina.

— Um amigo falou que você tem coisa melhor que as camisetas — eu disse.

Mostrei a nota de cinquenta reais e pedi vinte gramas de maconha. A mulher olhou a nota contra a luz do sol. Pediu um minuto e desapareceu no meio dos pedestres. Voltou cinco minutos depois com as buchas de maconha prensada e o troco.

— O amigo aposta? — perguntou a mulher.

— Meu pai apostava — guardei a maconha no bolso.

— Joga por ele — ela pegou um caderninho ao lado da cadeira. — Dez mangos. Quem acertar o próximo prédio que cai leva quinhentos.

Ideia tosca. Apostei no prédio da corretora onde eu trabalhei.

8

Três semanas depois de eu chegar a São Paulo e acabar o namoro com Júlia por telefone, recaí. Escrevi uma carta de cinco páginas. Contei para Júlia que fiquei as primeiras noites numa pensão próxima à rodoviária do Tietê. Odete, dona do lugar, me mostrou o quartinho sem janela. Mobiliado com uma cama de solteiro e uma cadeira, o quarto custava dez reais por dia e fedia a mijo de gato.

Na primeira noite, tive um ataque de rinite infernal. Mal dormi. Acordei com o nariz entupido. Garganta fechada. Olhos ardendo. Cedinho, procurei um telefone público. Peguei a folha de caderno dobrada que trazia na carteira. Liguei para o número que Lucas Mariano anotou meses antes, quando foi a Alfenas visitar a família no Natal. Lucas era três anos mais velho do que eu. Trabalhamos juntos no mercado do Gomes. Quando terminou o supletivo, Lucas partiu para São Paulo. Júlia o conhecia bem. A família Mariano morava ao lado de sua casa. Enquanto Lucas vivia em Alfenas, eu sentia um pouco de ciúmes. Na carta, gastei uma dúzia de linhas para contar como Lucas foi receptivo. Marcou de nos encontrarmos às duas da tarde numa lanchonete perto da estação da Sé. Enquanto bebia café coado num copo americano, Lucas deu a ideia de repartirmos o apartamento. O lugar onde ele morava era pequeno, um quarto apenas. Com jeito, eu caberia, só precisava de um colchão. Eu não fazia ideia de onde conseguir um colchão, mas topei na hora. Dormir no chão da sala me pareceu muito melhor do que morrer asfixiado num quarto de pensão com fedor de mijo de gato. Ainda na lanchonete, Lucas contou que, logo depois de se mudar para São Paulo, fez um curso de panificação no Senac. Era um baita negócio, porque na cidade havia duas padarias em cada quadra. Dificilmente faltaria emprego. Sugeriu que eu fizesse também.

Saí da pensão. Na primeira noite no apartamento, descobri que Lucas roncava pesado. Por sorte, ele levantava às quatro da manhã para assar a primeira fornada de pão. Eu dormia mais algumas horas, depois levantava para trabalhar. Lucas descolou para mim uma vaga como atendente na padaria. O dinheiro era bem melhor do que o Gomes me pagava no mercadinho. Um salário mínimo mais as gorjetas. A Padaria Estrela ficava numa esquina do Brás. Eu chegava às sete horas. Não havia horário de almoço. Uma vez por dia, quando o movimento afrouxava, eu recheava um pão francês com o máximo de ingredientes que encontrasse pelo balcão. Mortadela. Queijo. Tomate. Salame. Manteiga. Enrolava tudo num guardanapo e levava para os fundos da padaria. Comia em pé. Levava um copo de guaraná para desembuchar. Seguia no batente até quatro da tarde, quando o atendente da noite me substituía.

Contei também, na carta para Júlia, que num dia de folga fui ao parque Ibirapuera, mas voltei cedo porque caiu um temporal. Júlia nunca me respondeu. De certa maneira, eu não esperava que respondesse. Escrevi porque, naquele momento, acreditei que a única pessoa no mundo que se importava com o meu paradeiro era ela. Se por um lado eu gostava da distância de Alfenas e de Mestre Carlos, por outro me sentia só. Eu e Lucas pouco nos víamos. Em seguida à minha chegada, ele engatou um namoro. Sempre que podia, dormia na casa da Raísa, em Santana. O quartinho no Brás dobrou de tamanho. Com o tempo, percebi que eu conversava mais com os clientes que puxavam assunto do que com o Lucas. Porém, não dava para contar aos clientes sobre os meus planos de prestar a prova da Fuvest. Nem que juntei dinheiro para comprar um computador baratex na Santa Efigênia. O lance de ficar sozinho no apartamento me ajudou a estudar. Por um milagre, entrei no curso noturno de economia na USP. O listão saiu numa manhã de janeiro. Chamei dois colegas da padaria para beber. Douglas e Anelise me arrastaram para um samba na Chácara Santo Antônio. Enchi a cara de cerveja. Acordei dentro de um ônibus no Terminal Bandeira.

9

A maior parte das pessoas tem dificuldade em olhar para a realidade ao redor e pensar soluções compatíveis com um momento inédito. Em geral, as respostas para novos problemas são baseadas em parâmetros de um mundo que ficou para trás. Os medíocres são piores, nem buscam soluções antigas. Preferem apontar culpados e acreditam que todos os males do mundo são ameaças diretas a eles.

Quando o presidente da República finalmente fez um pronunciamento oficial em redes de rádio e televisão sobre as quedas dos prédios, falou que a história comprovaria a culpa de prefeitos que trocavam fiscalização por propinas. A população não deveria se preocupar. Era preciso seguir a vida. O presidente ainda disse que a imprensa espalhava o caos para enfraquecer sua gestão. Por ora, o caminho era rezar. Então, entrou no pronunciamento o bispo Elias, evangélico dono de uma emissora de televisão. Elias anunciou uma jornada de orações no domingo. A entrada nos templos custava cinquenta reais por pessoa. O valor arrecadado seria destinado às famílias desamparadas, disse o bispo.

10

O espírito foi me ver de novo. Eu sonhava com a casa dos meus pais. Havia cascas e sementes na bancada da pia. Mestre Carlos me perguntou por que eu comia tanto mamão. Respondi que mamão ficava gostoso com mel. Então percebi que o rosto de meu pai era turvo, desfigurado. No momento da descoberta, o sonho se transportou para a quitinete. Escuro. O espírito, em frente à porta. Rastejei até aquele borrão escuro. Apoiei as mãos em suas pernas. Levantei para ver o rosto de perto. O espírito era eu. Envelhecido. Careca. Risonho. Dentes quebrados. Os olhos negros me engoliram. E minha voz saiu pela boca dele pra dizer: "Você vai morrer sozinho".

II

O sonho me incomodou. Acho que a solidão é uma música de Ray Charles. Um blues arrastado por um piano velho num bar vazio. Escuto essa música desde a noite em que minha mãe saiu de casa. É estranho que, apesar de triste, esse blues me dê certa esperança. A esperança é o sentimento mais louco inventado pela humanidade. É simples de entender o nojo, a alegria, o medo, a tristeza. Agora a esperança é loucura em estado bruto. Só um louco para cair mil vezes e ainda ter vontade de seguir em frente. Só um louco para andar sozinho sobre cacos de prédios caídos e não desistir de tudo.

Mesmo depois de o PetWalker desbloquear meu perfil, não consegui novos clientes. Era bem provável que o imbecil do César tivesse espalhado o caso num grupo de WhatsApp. Fiquei puto da vida quando reparei que ninguém me acionava. Fui à padaria comer carolinas. Carolinas são a felicidade recheada com doce de leite. Sentei junto ao balcão me sentindo o mais infeliz dos homens. Então escutei os acordes de Ray Charles. O blues fluía de dentro da senhora sentada ao meu lado. Cabelo branco bem curto. Casaco de lã verde. Ela molhava o pão no café com leite e mastigava devagar. Apesar de ter mais de sessenta anos, era uma mulher forte, de postura ereta.

Deslizei o pratinho no vidro do balcão. Ofereci as carolinas.

— Doce de leite?

— E tem outra melhor? — eu disse.

A senhora pegou uma. Agradeceu e se apresentou. Iara comentou que um aluno sempre lhe dava carolinas quando precisava de nota.

— A senhora dá aula de quê?

— Matemática. Aposentei faz um tempo. Agora dirijo Uber para levantar um troco.

Eu disse que, se fosse aluno dela, levaria carolinas também. Eu até tentava resolver as contas, mas nunca tinha certeza dos resultados. Fazia uma lambança. Iara brincou que, num mundo onde os prédios caem sem explicação, não dá pra ter certeza de nada.

— Qual é a sua aposta? Acha que é erro de cálculo estrutural? — bebi um gole de café.

— É difícil acreditar que tantos engenheiros erraram seus cálculos, mas pode ser. Teorias tem aos montes. Só sei que trabalhei por trinta e cinco anos em escola pública. Durante boa parte desse tempo, paguei as parcelas do apartamento onde morava. E agora o prédio veio abaixo com o meu Tobias dentro.

Iara me mostrou uma foto do gato cinza na tela do celular.

— Sete vidas, não é o que dizem? Talvez ainda ache o Tobias por aí — Iara disse.

Perguntei onde ela morava depois que perdeu o apartamento. Iara contou que dormia no carro alugado. Durante o dia rodava atrás de corridas do Uber e ria das besteiras que os motoristas falavam no grupo de WhatsApp. O cretino do ex-marido casou com uma mulher trinta anos mais nova. Não contava com ele. Depois de Iara pedir o divórcio, a filha se afastou. Mudou para a Nova Zelândia. Quase não mandava notícias.

— No meu prédio tem apartamento vago — eu disse.

— Qual prédio?

— No João Ramalho, ali no largo.

— Sei — Iara bebeu o último gole de café. — Prefiro uma casinha longe do centro. Você devia sair dali.

Meu plano era sair, eu disse. Só tinha uma questão para resolver antes.

— Em tempos assim, a principal questão é como permanecer vivo e sem enlouquecer — Iara limpou a boca com um guardanapo e levantou do banquinho para ir embora.

Pedi ao garçom para embrulhar uma dúzia de carolinas. Dei o pacote para Iara. Meia hora depois, percebi que eu precisava mais das carolinas do que ela.

12

Olá, Georgia. Tudo bem por aí? Sei que a gente não tem nada sério e tal. Você é "a mina que transa comigo terças e quintas e vai embora". Mas eu queria entender por que você sumiu. Encontrar você às terças e quintas era uma das últimas alegrias que eu tinha. Se me conhecesse melhor, você entenderia. Digo, você nem sabe o que vivi até parar nesse prédio do centro. Ou meu nome verdadeiro. Eu não sei quase nada sobre você. Descobri sem querer que você dança balé. Faz muito tempo? Entre todas as lacunas, o que me fode mais a cabeça é não entender por que você desapareceu. É conviver com a incerteza. Será que fiz algo tosco? Ou falei alguma coisa errada? Talvez você tenha outra pessoa? Ou engatou um namoro? Ou está trabalhando demais? Ou, o mais provável, só enjoou desse cara velho? Tenho me sentido um merda, um maluco. Não imaginava que a essa altura da vida ia apanhar de uma paixão. Por um lado é bom, me faz sentir vivo. No meio de toda essa loucura dos prédios caindo, às vezes penso que o pior aconteceu com você. Espero que não. Por favor, mande um sinal. Mensagem recebida e não lida.

13

Passei a tarde em frente ao estúdio de balé. Mesmo disfarce, fiscal de ônibus. A cada hora, grupos de alunas entravam e saíam da casa. Nenhum sinal de Georgia. Cogitei perguntar para alguma aluna da turma das quatro da tarde. Atravessei a rua. Enquanto caminhava na direção do estúdio, reparei que duas mães escoradas nas portas de um carro me encaravam. Passei reto. É bem provável que achassem que eu era algum tipo de tarado.

Não voltei mais naquela tarde. Parei em um bar perto da estação Barra Funda. Escolhi uma das mesas próximas ao freezer. O encosto de plástico da cadeira balançou quando sentei. Estava quebrada. Troquei pela cadeira ao lado. O garoto com avental de garçom levou a cadeira zoada para os fundos do bar. Na volta, perguntou o que eu queria.

Eu queria sentir o cheiro do cabelo de Georgia. Escorregar minhas mãos pelas costas dela. Espalhar as roupas pela sala e acender um baseado enorme depois de a gente transar. Eu queria pedir para Georgia deixar a cidade comigo. Sem a possibilidade de ter nada daquilo, pedi a cerveja mais barata.

— Só isso? — o garoto tirou a cerveja do freezer e sacou a tampa com o abridor que levava no bolso do avental. — A coxinha acabou de sair.

Aceitei a coxinha. O garoto a entregou em um pires branco. Trouxe também um vidrinho com pimenta.

— O dono do bar traz da Bahia. É forte pra cacete — o garoto disse.

Nem senti o gosto da coxinha. Não sentia vontade de comer há dias. Nem beber. As pessoas caminhavam em câmera lenta no lado de fora do bar. Meu cérebro exausto não computava muita coisa ao redor. Escolhi um foco. Na calçada oposta, um morador de rua vestia shortinho jeans e miniblusa com estampa de onça. Trocava ideia com um papeleiro sem camisa. O papeleiro não tinha nem vinte anos. Usava boné com aba para trás. Pedi uma segunda garrafa de cerveja. A movimentação da dupla estava interessante. O morador de rua passou um braço pela cintura do papeleiro. A outra mão enfiou dentro da bermuda. Os dois deitaram no chão da calçada sobre um amontoado de papelão e sacolas que o morador de rua fazia de lar. Cobriram-se com um cobertor florido. Transaram ali mesmo. Formavam um casal bonito. Ignoravam todos que passavam pelas calçadas. E as pessoas fingiam ignorar os dois. Quando o papeleiro gozou, beijou a boca do morador de rua. Depois o abraçou. Os dois ficaram uns dez minutos de barriga para o céu.

Ergui a mão para pedir uma terceira cerveja e quis chorar.

— As coisas vão melhorar, amigo — o garoto colocou a garrafa de cerveja na mesa.

Agradeci. Bebi depressa. Odiei aquele garoto por alguns minutos. O que ele sabia da minha vida? Pensei em chamar para briga. Talvez fosse libertador levar uma surra dele e dos outros garçons. Paguei no caixa sem olhar nos olhos do garoto. Quando atravessei a rua, o morador de rua dormia sozinho. O papeleiro empurrava a carroça alguns metros adiante.

14

Nenhum prédio caiu no dia seguinte ao grande ciclo de orações convocado pelo presidente em rede nacional. Uma enxurrada de fiéis comentava na internet a força das orações. O presidente fez um novo pronunciamento. Com a mão no ombro do bispo, falou que o Brasil era uma terra abençoada e que a fé do povo brasileiro manteria os prédios em pé. Durante toda a fala, o bispo permaneceu parado como um boneco de cera. Olhos fixos na câmera. Lábios arqueados para cima na tentativa de formar um sorriso. O bispo só abriu a boca para dizer o valor arrecadado nos templos. Quinze milhões de reais. O presidente finalizou com uma provocação aos prefeitos. Disse que a fé do povo brasileiro é maior do que a ganância de políticos corruptos que faziam vista grossa para as condições precárias dos prédios.

15

A corrente de fé promovida pelo presidente e o bispo Elias não confirmou a sua força. Três prédios caíram na mesma noite: um em Curitiba, outro em Salvador e o terceiro em São Paulo, dessa vez na região da Bela Vista.

Nas redes sociais, circulou o vídeo de uma astróloga famosa. A garota dizia que houve um erro de interpretação do calendário maia. A data do Apocalipse não seria 21 de dezembro de 2012, como muitos acreditaram. O fim do mundo na verdade estaria para acontecer nos próximos meses.

16

MILÍCIA ASSASSINA era o que dizia a pichação na fachada do edifício João Ramalho. Alguém escreveu de madrugada. Não faço a menor ideia de como se pendurou para escrever. A pichação vertical ocupava mais de oito metros na fachada do prédio. Adriano gritava pelos corredores desde as sete da manhã. Acordou todos os moradores. Queria vingança, mas antes tratou de apagar o escrito. Juntou três homens para a função. Dois seguravam o cabo preso num sistema duvidoso de roldanas enquanto Dagu, pendurado em frente ao prédio, cobria o escrito com tinta branca.

17

Fiquei nervoso com a gritaria do Adriano. A ansiedade, que nem deixava eu respirar direito, travou o músculo da mandíbula. Tomei um relaxante muscular que tinha na gaveta do banheiro. O remédio amoleceu meu corpo inteiro. Puta sono, zonzeira. Era uma da tarde. Eu precisava ir ao estúdio de balé. Fiz uma maquiagem tosca. Enfiei um boné na cabeça. Saí com pressa. No ônibus, encostei a cabeça na janela. O trepidar do crânio no vidro me mantinha acordado. Desembarquei no ponto mais próximo ao estúdio. Dessa vez atravessei a rua. Parei junto de uma árvore, de onde via as bailarinas saírem. Uma das meninas passou ao meu lado. Catorze anos ou menos. Chamei-a com um movimento discreto da mão.

— Ei. Me ajude aqui. Por acaso essa moça faz balé no estúdio? — mostrei a foto que tirei de Georgia no último dia que nos vimos.

A garota apressou o passo com medo.

O relaxante muscular pesava demais o corpo. Segui escorado na árvore. Dali eu via bem a movimentação na entrada do estúdio. Passavam das três horas. Na pequena praça próxima ao ponto de ônibus, um homem montava uma barraca de dois lugares. Ao lado da barraca, um saco com seus pertences. Tinha demorado para os acampados chegarem a Perdizes. O homem tinha a franja reta, igual aos índios dos livros de história. Vestia uma calça de moletom preta e uma camiseta larga. Tinha mais de cinquenta anos, mas se movia com disposição para montar a barraca. Escorado na árvore, eu tentava não dormir. Então ouvi um grito de menina do outro lado da rua:

— Pai?!

O grito era pra mim. O índio deixou a barraca assustado com o grito. Outras pessoas na rua olhavam também. A mandíbula travada mal se movia. Então corri. As pernas moles do relaxante muscular pisavam em falso. Eu corria sem saber qual seria o próximo pé a tocar o chão. Corria sem renovar o ar dos pulmões. Corri o máximo que pude, sem olhar para trás, por duas quadras. Tropecei em uma laje desnivelada. O calçamento abriu um rasgo na calça. Esfolei as palmas das mãos. Só dentro do ônibus reparei no sangue vertendo do joelho.

Parte 3

I

Quando olho para o passado, é como se houvesse outras vidas dentro da minha vida. São episódios desconexos. A curta infância com minha mãe, Laíde. A vidinha em Alfenas. O trabalho na padaria. O mercado financeiro. Eu atuo como protagonista em todos. Na maior parte das vezes, minha interpretação é canastrona. Pareço um desses idiotas que sempre soltam uma fala inadequada ou deixam cair alguma coisa. Os cenários e demais personagens não se repetem. É uma sensação estranha assistir a esses cacos de memória. Sou um estranho em cena. Alguém descolado de mim que usa meu corpo em diferentes idades.

Em um desses episódios, tenho trinta anos. Cabelo curto, raspado ao lado com um topete modelado por pasta. Dirijo com pressa. Sorriso aberto. Uso terno e gravata. O carro sobe a calçada rebaixada do Hospital Santa Catarina. Deixo as chaves com o manobrista. A recepcionista me entrega um adesivo escrito "acompanhante". Não espero o elevador. Subo pelas escadas até o terceiro andar. A porta do quarto está encostada. Quarto 302. O número gravado na plaquinha de plástico é nítido. Com as costas dos dedos, bato duas vezes na porta. Entro mesmo sem responderem. Dentro do quarto 302 o som dos carros na avenida Paulista desaparece. Bush. Dilma. Bin Laden. A sonda Messenger. Kate e príncipe William. O voo Air France 447. O PCC. Steve Jobs. A crise europeia. A prestação do apartamento. O cliente que eu deixei na sala de espera do escritório. Nada disso existe dentro do quarto 302. Existe apenas um embrulho miúdo e quentinho no meu colo. Uma menina com cheiro de talco. Olhos colados. Dedos curtinhos. De tão bonita, a menina lembra uma música de Tom Jobim. *Luiza*.

2

Nunca desejei ter filhos até o dia em que Luiza nasceu. A menina cresceu com os traços da mãe, mas grudada em mim. Eu gostava de chegar do trabalho mais cedo e deitar no tapete da sala para Luiza subir com os pezinhos no meu peito e fazer dezenas de perguntas fantasiosas. Aos cinco anos, Luiza aprendeu a escrever meu nome. Foi a primeira palavra que ela escreveu.

Ensinei Luiza a andar de bicicleta na calçada em frente ao prédio. Tinha sete anos. Tirei a primeira rodinha. Deu tudo certo. Depois de eu tirar a segunda, ela pedalou firme por alguns metros. Então vacilou no equilíbrio e caiu de boca no chão. Quebrou um dente. Por sorte, era um dente de leite. O dentista remendou com resina. O dente levou ainda quase um ano para cair.

Luiza entrou na puberdade e seguimos amigos. Distantes, mas amigos. O pai de uma pré-adolescente não passa de um motorista equipado com um cartão de crédito. Entre eu levar ou trazer Luiza de algum lugar, ela me atualizava dos enroscos com as amigas da escola. Na praia, a gente caminhava por horas, na maior parte do tempo sem falar nada. Quando ela chegou aos treze anos, minha cabeça andava bem fodida. Por mais que eu quisesse ser pai, não tinha muito o que oferecer. Logo em seguida, saí de casa.

3

O mundo estava mais bagunçado do que a minha vida. Os prédios caíam nos cinco continentes. Em São Paulo, o governo montou um hospital de campanha para atender a alta demanda de atendimentos. Além dos sobreviventes resgatados em escombros por bombeiros e voluntários, a poeira de cimento no ar das cidades fez com que milhares de pessoas desenvolvessem doenças respiratórias.

Enquanto isso, a comunidade científica mundial investigava o motivo das quedas dos prédios. O governo da China e a União Europeia liberaram milhões para universidades e institutos de pesquisa.

Uma primeira possibilidade não veio de Harvard, nem de Cambridge, muito menos da Escola de Engenharia da USP. Um grupo de técnicos da Estação de Análise Sísmica de Arica, no Norte do Chile, percebeu que a frequência de vibração da crosta terrestre mudou. Esse tipo de vibração é conhecida há décadas. Chamam de ruído sísmico. A atividade humana produz o maldito ruído. Ao que tudo indica, o ruído existe desde que a humanidade passou de um bilhão de almas. Com o aumento da atividade de carros, pessoas, aviões e máquinas em geral, o ruído faz o planeta vibrar na mesma frequência da construção de uma série de prédios.

Pesquisadores do curso de Engenharia da Universidade de Stanford defendiam essa hipótese e alertaram que todos os prédios com mais de sete andares corriam risco de queda. A recomendação era evacuar os prédios altos em todas as cidades do mundo.

4

Nos Estados Unidos e no Brasil os proprietários de imóveis, hotéis e fundos imobiliários foram os primeiros a rejeitar a ideia. Depois ganharam apoio dos comerciantes, que detestavam a possibilidade do fechamento de suas lojas. Da Universidade de Chicago surgiu uma pesquisa que relativizava a descoberta dos chilenos. O grupo de engenheiros americanos defendia que o movimento era fruto de uma acomodação da camada de magma abaixo das placas tectônicas. Tratava-se de um fenômeno passageiro ocorrido pela última vez há quatro bilhões de anos.

Os colunistas de portais de notícias começaram uma guerra de argumentos. De um lado a turma que cobrava ações efetivas dos governos para assegurar a evacuação dos prédios e garantir a vida das pessoas. De outro, os que defendiam a tese de Chicago e a melhor fiscalização nos prédios. O esvaziamento dos prédios significaria grandes custos.

Com medo de manchar a imagem com o sangue de milhares de vítimas, o prefeito de São Paulo defendeu a evacuação temporária dos prédios altos. Em Brasília, o Congresso se mobilizou para a aprovação de uma verba emergencial destinada à construção de casas. O presidente, no entanto, assumiu a narrativa de Chicago. Defendeu que era cedo para medidas drásticas como evacuar quadras inteiras em grandes cidades. Era preciso fé em Deus, calma e seguir a vida com normalidade.

Nas redes, ganhou força a teoria proveniente do Reino Unido de que a queda dos prédios era ocasionada propositalmente por uma frequência secreta emitida pelas antenas de telefonia celular chinesas espalhadas pelo mundo. Depois de algumas antenas depredadas, as companhias telefônicas publicaram notas de esclarecimento para comprovar que a tecnologia utilizada nas antenas era inofensiva às edificações. Não adiantou. Grupos organizados na internet quebraram a base de antenas nas mais diversas cidades. A onda durou algumas semanas, depois desapareceu em meio a novas teorias da conspiração.

5

O acampamento ao redor do meu prédio acumulava mais de duzentas barracas. Fiz a conta numa noite de insônia. A tensão entre Adriano e os acampados parecia menor. Pelo menos era o que eu achava até sair do prédio numa manhã de sábado. O ar pesado de poeira irritava os olhos. Esbarrei em um pombo que ciscava os restos de comida ao redor das barracas. O bicho fez um escândalo horrível e levantou em revoada com outros vinte pombos. No susto do voo, os filhos da puta cagaram toda a minha blusa. Fui direto ao banheiro da padaria. Tirei a blusa. Esfreguei com as pontas dos dedos as partes cagadas. Sentei junto ao balcão. Ignorei a cara feia do sujeito que reprovou o cheiro de bosta de pombo. Restavam só quarenta reais na carteira. Pedi para a garçonete um café e quatro carolinas. Eu precisava de uma forma de fazer dinheiro. O aluguel vencia em cinco dias. Talvez surgisse um cliente desavisado no PetWalker. Talvez vender a televisão. Talvez vender o celular. E se Georgia desse sinal de vida? Essa não era uma opção.

Perguntei à garçonete se ela conhecia algum lugar onde comprassem eletrônicos usados. Ela pôs a mão magrinha na cintura e disse que atrás do terminal de ônibus tinha um tiozinho que comprava e vendia de tudo. Não lembrava o nome da loja. Perguntou ao chapeiro, que também não sabia.

A garçonete falava à beça. Puxava papo com todos os clientes. De tanto ir à padaria, eu já conhecia a figura. Seu nome era Bianca, mas todo mundo a chamava de Bo, por conta do rosto redondo igual bolacha. Criava três gatos e detestava o patrão. Quando trouxe o café, Bo me contou que o prédio onde uma prima morava caiu. Por sorte, a prima estava no Baile da Marconi.

— Imagina chegar do baile funk e não encontrar o seu prédio? — Bo deslanchou a falar. — Foi lá para casa dividir o quarto comigo. Só levou a roupa do corpo. Chora o tempo todo. Minha mãe juntou umas doações com os vizinhos.

— Ainda bem que ela tem vocês — eu disse.

— Graças a Deus. Domingo a gente vai ao culto agradecer. Só assim.

Gritos na rua cortaram a conversa.

Eu e metade dos clientes da padaria corremos para a calçada. No beco ao lado do meu prédio, um homem usava as mãos como megafone para pedir socorro. Fui um dos primeiros a chegar. Sobre os sacos de lixo, o corpo de um adolescente. O garoto estava nu e pintado dos pés ao cabelo com tinta vermelha. Em segundos, uma pequena multidão de acampados congestionou a entrada do beco para espiar. Uma senhora reconheceu o garoto.

— É o filho da Kátia — a senhora gritou. — Chama a Kátia. Chama a Kátia!

Pedi licença para sair do meio do povo. O chamado por Kátia se multiplicou. Aquela história não ia acabar bem. Corri para o prédio. A porta estava fechada. Bati três vezes até Dagu abrir. Logo que entrei começou o quebra-quebra. A multidão de acampados arremessava pedras e pedaços de paus contra as lojas e lanchonetes. Vários vidros do meu prédio foram quebrados. A confusão só acabou com a chegada da tropa de choque, que dispersou os acampados com bombas de gás lacrimogêneo.

6

Passei o final de semana trancado no apartamento cagado de medo. O silêncio dos acampados dava a impressão de que uma guerra civil começaria a qualquer momento. Ficar em casa não me ajudava muito. O edifício João Ramalho passava de sete andares. Se os engenheiros de Stanford estivessem certos, havia uma boa probabilidade de eu acordar soterrado. Para completar, quando eu fechava os olhos, a cena de Cléber Figueira Lopes despencando da janela alternava com flashes do corpo do garoto nu jogado sobre os sacos de lixo. A insônia me venceu. O músculo colado na mandíbula tensionava tanto que toda a minha cabeça doía. Fiz um circuito de exercícios para relaxar. Não adiantou muito. O trapézio enrijeceu ainda mais com as flexões. Passei a noite lendo notícias. Quanto mais eu lia, menos sono sentia.

7

As principais manchetes dos portais tratavam da campanha publicitária encomendada pelo presidente à Secretaria de Comunicação. A campanha para rádio, TV e internet trazia como mensagem principal "A fé vence o medo". Os investidores do mercado imobiliário agradeceram, porém foram os primeiros a desocupar os prédios onde moravam e trabalhavam. Fugiram para casas na praia, no interior ou em bairros afastados. Em um dos sites de notícias, uma reportagem mostrava como os preços das casas de condomínios aumentaram vinte por cento em uma semana.

Em outro portal, um vídeo apontava o grande aumento do número de pessoas em situação de rua. Muitas famílias evacuaram os prédios por vontade própria. Preferiam acampar em praças e calçadas a se tornarem estatística. Assim como ao redor do meu prédio, comerciantes e antigos moradores dos bairros hostilizavam os acampados por todos os cantos de São Paulo. A prefeitura demarcava áreas em vão. Barracas surgiam até no gramado do Ibirapuera, em frente à Assembleia Legislativa. Abaixo do vídeo, uma pesquisa revelava que cinquenta e quatro por cento da população sentia medo de trabalhar nos prédios empresariais. Dos que trabalhavam nesses prédios, oitenta por cento mantinham a rotina de trabalho apenas para não perderem os empregos.

O volume de mortos era tão grande que o estacionamento externo do Hospital das Clínicas ficou coberto por corpos ensacados. As pessoas caminhavam entre os sacos na tentativa de identificarem seus parentes. Era raro encontrarem sobre-viventes entre os escombros. A maior parte dos que sobrevi-viam eram crianças. Os corpos pequenos se adaptavam melhor entre os blocos de concreto. A prefeitura não sabia o que fazer com os órfãos. Uma deputada federal entrou com um pedido de flexibilização das leis de adoção.

8

Tomei dois relaxantes musculares em menos de cinco horas, só então apaguei. Acordei segunda-feira, quatro da madrugada. A testa e a mandíbula menos tensas, os músculos do pescoço também. A boca seca. Os olhos selados por uma remela grossa e farelenta. Lavei o rosto na pia do banheiro. Depois de tanto tempo apagado, o mijo saiu cor de gasolina.

Peguei a malha de Georgia dentro da mochila. Se estivesse viva, era bem provável que Georgia dormisse aquela hora. Imaginei seu rosto tranquilo e relaxado sobre o travesseiro em algum quarto escuro da cidade. Estava sozinha? Em casa? Ou mudou para uma barraca na rua? Bati uma com a malha suada de Georgia colada no nariz.

9

Dada a escassez de dinheiro, as alternativas para o almoço eram arroz com ovo ou macarrão ao alho e óleo. Escolhi a primeira opção. Furei o ovo frito com o garfo para a gema escorrer entre o arroz.

Como voltar ao estúdio de balé? Nenhum disfarce daria conta se Luiza aparecesse. Pela primeira vez me senti ridículo naquela situação. O mundo caindo e eu vigiando um estúdio de balé para encontrar uma mulher que não estava nem aí para mim. Ou talvez Georgia só tivesse com muito trabalho. Quem com muito trabalho vai ao balé enquanto o mundo desaba?

Depois de comer, fui ao terminal de ônibus. Um vendedor de acessórios para telefone me ajudou a achar o tiozinho que comprava eletrônicos. A lojinha media uns dez metros quadrados. Pelas estantes, rádios, televisões, aparelhos de micro-ondas, pipoqueiras, ventiladores, video games velhos. Atrás do balcão, o tiozinho comia uma mexerica. Mostrei uma foto da televisão.

— Pago quatrocentos reais — ele cuspiu uma semente de mexerica na mão.

— Vi na internet por oitocentos também de segunda mão — guardei o telefone no bolso.

— Anuncia lá então.

O tiozinho assobiou uma sequência de notas. Dos fundos da loja, veio a resposta de um papagaio cantando "Seu delegado prenda o Tadeu".

— A televisão está novinha, controle remoto original, conecta com a internet — eu disse. — Preciso de pelo menos seiscentos.

— Para a sua idade, não pagam muito por um programa — o tiozinho riu da própria piada. O papagaio gargalhou também. No fundo eu achei graça, mas não quis dar intimidade.

— Quinhentos? — dei duas batidinhas no balcão.

O tiozinho separou um gomo da mexerica sem responder. Raspou o nariz na manga do blusão. O papagaio insistia na música do Tadeu.

— Faz o seguinte, deixa a televisão aí. Anuncio por setecentos. Caso venda, seiscentos são seus.

A proposta era melhor do que nada. Eu disse que levaria a TV logo mais. Na verdade, eu não tinha tanto tempo. O aluguel vencia em dois dias. Ser espancado pelos garotos de Adriano não me parecia um bom cenário.

10

Ao atravessar o acampamento em frente ao meu prédio, tive uma ideia. Talvez não fosse a melhor ideia, mas era uma saída para vigiar Georgia e não perder alguns dentes.

Despluguei o cabo da televisão da tomada. Guardei o controle remoto no bolso da calça. A televisão pesava mais do que eu imaginava. A distância até o terminal de ônibus duplicou. A cada cem metros, eu parava. Apoiava a base da televisão na coxa para descansar os braços.

Cheguei à loja. Deixei a televisão e o controle remoto sobre o balcão.

O tiozinho examinou frente e verso. Analisou se o cabo estava inteiro. Ligou na tomada. Apertou o botão vermelho do controle remoto. A repórter do canal de notícias surgiu na tela.

— Quero um adiantamento. Duzentos reais. O senhor desconta depois.

O tiozinho franziu a testa. Tirou um bolo de notas do bolso. Contou cento e cinquenta reais. Entregou o dinheiro para mim.

— Anota o telefone aqui. Aviso quando vender — o tiozinho entregou um bloquinho e uma caneta.

Além do número de telefone, deixei os valores anotados. Preço: setecentos. Comissão: cento e cinquenta. O tiozinho ofereceu a mão para eu apertar. Não tive escolha. Era uma mão sebosa com dedos descamados. Quando virei de costas para ir embora, escutei o assobio do papagaio. O tiozinho respondeu com a mesma melodia.

II

Numa loja da Vinte e Cinco de Março, comprei uma barraca do tipo iglu e um saco de dormir. O vendedor garantiu que não entrava água no iglu. Minhas experiências com acampamento em Alfenas me diziam o contrário. Comprei um rolo de *silver tape*. Em casa, separei três mudas de roupas. Peguei também uma panela, talheres, um copo de alumínio, os remédios e o carregador do celular. Arrumei tudo dentro da mochila de Georgia.

Desci do ônibus no ponto em frente ao estúdio de balé. Fui em direção à pracinha onde na semana anterior tinha visto o índio montar sua barraca. Com as pernas esticadas sobre um tapete trançado à mão, ele tomava sol sem camisa e acompanhava o movimento da rua. Percebeu eu me aproximar com a mochila nas costas e o saco com a barraca nas mãos.

Cumprimentei o índio com um aceno de cabeça quando cheguei à praça.

— Tem espaço para mais um? — eu disse.

O índio apenas ergueu as sobrancelhas como quem diz "fazer o quê, né?".

Escolhi um canto no gramado embaixo de uma amoreira. Encostei a mochila na árvore e comecei a função de montar o iglu. Encaixei as partes das duas varetas da armação. Elas se cruzaram por dentro da lona para deixar o iglu em pé. Posicionei a porta da barraca de maneira que eu tivesse vista para o estúdio de balé. Depois de fixar as estacas de ferro no chão, reforcei as costuras da lona com a *silver tape*. Passei a chama do isqueiro para selar bem e não correr o risco de acordar embaixo d'água. Iglu montado, levei a mochila para dentro.

Olhos fechados, o índio dormia ou ignorava minha existência. Sentei no saco de dormir enrolado. Mesmo com a sombra da amoreira, o sol fritava a lona da barraca. Pela fresta da porta, eu via a chegada e a saída de pessoas no balé. Pensei em fechar um baseado, mas àquela hora da tarde chamaria muita atenção. A turma das quatro horas entrou. Nada de Georgia. Tomei um relaxante muscular para aliviar a tensão. Carregar o peso da mochila para cima e para baixo arregaçou meus ombros. Desenrolei o saco de dormir. Talvez um cochilo me fizesse bem. Pernas esticadas, barriga para o teto, comecei uma batalha com a insônia. O cheiro de resina da lona no sol me embrulhava o estômago. A cada voz feminina que vinha da rua, eu recebia um choque no cérebro, como se o rosto de Luiza fosse aparecer na porta da barraca ou, ainda pior, o rosto de Andressa, minha ex-mulher.

12

No primeiro dia do curso de economia da USP, eu ainda não acreditava que havia passado na Fuvest. Eu, um mané de Alfenas, um peso-pena, sem ninguém no mundo, pardo, empregado de padaria, estudaria na melhor universidade pública do país. No primeiro semestre, eu não fazia ideia de quem eram Adam Smith, Ricardo ou Marx. Escolhi economia porque não queria ser pobre e fodido como meu pai.

Repartir o dia entre o trabalho e a faculdade era uma bosta. Eu seguia com o horário na padaria às sete da manhã. Nos intervalos, contava para os colegas sobre a visão econômica de Platão e como a teoria de Keynes salvou o Ocidente após a Segunda Guerra. Ninguém ouvia por mais de cinco minutos. A única que fingia algum interesse era Anelise, do caixa. Depois do samba na Chácara Santo Antônio, a gente se pegou algumas vezes. Quatro da tarde, eu saía da padaria. Dormia uma hora, depois corria para o campus. Voltava para casa quase meia-noite, um bagaço. Lia no ônibus. Estudava no final de semana. Por um milagre, passei em Cálculo Diferencial e Integral I.

Os anos seguintes foram iguais. Apanhei da matemática enquanto vivia em lua de mel com os clássicos do pensamento econômico. Acreditei que a economia podia salvar o mundo da pobreza. Depois me dei conta de que precisava me salvar primeiro. Fiquei doente na epidemia de H1N1. Amarguei horas de espera no Hospital das Clínicas. Trinta e nove graus de febre. Náusea. Dor no corpo. Pensei que fosse morrer sozinho no apartamento.

Uma semana depois de me recuperar, apareceu no mural da faculdade um anúncio de vagas de estágio num banco. Entre os benefícios, plano de saúde. Deixei o idealismo de lado e enviei meu currículo. Na verdade, eu não tinha um currículo. Num arquivo em branco, escrevi meu nome, idade, escola onde terminei o ensino médio, o curso de economia na USP e "auxiliar de vendas na padaria Estrela". Esse foi o melhor termo que encontrei para valorizar o trabalho de garçom.

Passou um bom tempo e não tive resposta alguma. Desencanei e segui a vida. Vez por outra, espiava o mural ou revirava a internet atrás de uma vaga melhor do que meu posto de atendente. Numa tarde, quando parei em casa para cochilar, percebi um e-mail novo na caixa de entrada. O e-mail informava que eu tinha sido pré-selecionado pelo banco. Havia ainda uma etapa de seleção presencial.

Vesti uma mesma camisa do Lucas nos três dias de dinâmica de grupo. Uma psicóloga com sotaque carioca fez os candidatos sentarem em círculo e testou nossa paciência com atividades que duravam horas. A maior parte dos estudantes no processo eram homens, brancos, e faziam de tudo para demonstrar o quanto amavam o mercado financeiro. Era algo bem nojento de se ver. Eu seguia firme na minha interpretação de jeca. Cabelo lambido para o lado, sotaque mineiro e fedendo a gordura da padaria. Só me dei conta de que carregava o cheiro na tarde em que a psicóloga perguntou se alguém havia comido na sala. Depois desse episódio, reparei que as pessoas da faculdade e no transporte público mantinham certa distância de mim.

O resultado do recrutamento chegou uma semana depois da dinâmica de grupo. Passei na seleção. O setor de recursos humanos me escalou para trabalhar numa agência do Itaim Bibi, perto do largo da Batata. O salário era o dobro do que eu ganhava na padaria, mais vale-refeição, seguro de vida, vale-transporte e o bendito plano de saúde.

Eu precisava de roupas para trabalhar. Fui a uma loja do Brás. O dono era um turco engraçado, cliente da padaria. Comprei três camisas bancas, uma calça social preta e um sapato de couro de bico quadrado. Parcelei em dez vezes com entrada para trinta dias, quando sairia o primeiro salário.

Meu trabalho era basicamente vender empréstimos consignados para devedores com a corda de outras dívidas no pescoço. Rodrigo, meu chefe, deu a dica de ligar para pessoas com mais de sessenta anos. Velhinhos nunca entendem direito as regras dos empréstimos e sempre querem um dinheiro a mais para comprar presentes pros netos.

Na mesa ao lado de Rodrigo, sentava Andressa, a estagiária responsável pela venda de outra bomba: títulos de capitalização. Ela já estava no banco há um ano quando cheguei. Estudava administração na PUC. Andressa tinha um nariz estranho e um sorriso anguloso, sincero. O cabelo muito liso, escorrido, usava repartido para o lado. Estava longe de ser feia. Também não servia para dublê de Scarlett Johansson.

No meu primeiro dia, Andressa me chamou para almoçar. Fomos a um restaurante chamado Casinha da Nena, ficava próximo ao banco. Gostei do lugar. Servia três opções de prato feito com direito a um copo de suco aguado pelo valor exato do vale-refeição. Voltamos lá nos outros dias. Andressa falava à beça. Achava engraçado meu sotaque mineiro e os comentários que eu fazia sobre o péssimo gosto do café coado do banco. Eu me sentia bem com Andressa. Esperava a hora do almoço para ter alguns minutos com ela. Apesar de descontraída, Andressa mantinha certa distância profissional. Não falava muito sobre a própria vida.

O terceiro estagiário era JP. Trabalhava com a venda de seguros. Ninguém na agência gostava de JP. Diziam que havia conseguido o estágio por ordens do alto escalão. A primeira vez que nos falamos foi em frente à garrafa térmica do café.

Antes mesmo de saber meu nome, JP perguntou se eu pegava Andressa. Eu disse que não misturava trabalho com sexo. JP fez uma careta de espanto e disse que eu deveria repensar o assunto. Ficou espantado quando contei que também estudava na USP. Perguntou se entrei pelo regime de cotas. Nem deu tempo de responder, JP emendou um discurso sobre ser favorável às cotas. Era uma das formas mais eficazes de promover justiça social no país. Ofereceu carona do banco para a faculdade. Aceitei. As caronas eram verdadeiros monólogos. Apenas ele falava. Descobri que a tese dos funcionários da agência tinha fundamento. O pai de JP era um economista conhecido, secretário do governador. JP vivia em uma casa no Jardim Europa. Nos finais de semana, descia de carro com a namorada para Ubatuba. Não sabia onde ficava Alfenas. Achava que eu era um tapado por ainda não ter pegado Andressa. Apesar das diferenças, eu gostava do jeito direto de JP. Antes do fim do semestre, nos tornamos amigos.

13

Levei dois meses até chamar Andressa para sair. Festa da faculdade. Ela agradeceu, precisava estudar. Fiquei na dúvida se era desculpa. Por via das dúvidas, não convidei mais. Num happy hour com a turma do banco, bebi demais. Andressa se ofereceu para me acompanhar até o ponto de ônibus. Ficamos pela primeira vez. Depois desse episódio, trocamos uns amassos na hora do almoço. A gente cuidava para não ter alguém do banco por perto. Por algumas semanas eu só pensava em um assunto: comer Andressa. Não havia a menor chance de levá-la ao pulgueiro onde eu morava.

Raspei uma grana da poupança e chamei ela para um motel que o JP indicou. Ficava na marginal Pinheiros. Dez minutos de táxi. A primeira vez foi esquisita. Chegamos lá meio-dia e meia. No valor do quarto estava incluído o almoço. Fiquei nervoso pra cacete. Meu pau não subia de jeito nenhum. Eu disse que precisava de um banho. Andressa se ofereceu para ir comigo. Fingi que não ouvi e fechei a porta. Abri o chuveiro. Água gelada à beça. Eu não sabia como funcionava o misturador. Molhei um pouco o corpo, o cabelo e fiquei em um canto do boxe acariciando meu garoto para ver se ele ressuscitava. O pau só deu sinal de vida quando o garçom bateu na porta para entregar o almoço. Saí do banheiro enrolado numa toalha branca. Andressa só de calcinha sentada na beira da cama lia mensagens no celular. Ao lado, dois pratos de filé a cavalo. Transamos desajeitados. Para minha surpresa, a comida do motel era ótima. Voltamos outras vezes. A moça da recepção nos chamava pelo nome. Minhas economias não iam aguentar aquele ritmo. Andressa percebeu. Revezamos o pagamento do motel.

Segundo JP, todos no banco sabiam do nosso caso, inclusive o analista com quem Andressa saiu por um tempo, Tiago. Essa foi novidade pra mim. Fiquei puto. Sempre que olhava para Tiago, imaginava aquele filho da puta alisando a bunda de Andressa. Por alguns dias, falei com ela só o necessário. Arrumei as desculpas mais vagas para não sairmos. Até que, num fim de expediente, só nós dois estávamos na agência. Andressa me enquadrou. Não entendia por que eu mudei de atitude de uma hora para outra.

— Problemas de família — eu disse.

Andressa não caiu nessa. Pediu detalhes sobre o problemão de família que me fez ignorá-la por três dias. Olhei bem ao redor para ver se a agência estava completamente vazia.

— Que porra é essa de você ter saído com o Tiago?

Andressa deu uma gargalhada que ecoou na sala.

— Desculpa por não ser mais virgem. Não sabia que precisava enviar para você uma lista dos caras com quem já fiquei.

Quando me dei conta da forma como falei, senti um luminoso escrito "tosco" acender na minha testa.

Andressa parou de rir e mudou de tom. Disse para eu não me preocupar. Foi um lance rápido. Começou na festa de final de ano e não resistiu a dois rolês. Tiago era só um coxinha que gostava de contar vantagem. Antes que eu falasse outra besteira, ela me convidou para matar aula e jogar sinuca. Meio sem jeito, topei.

A gente se pegou um pouco no bar e acabamos no motel de sempre. A transa não rolou bem. A imagem de Tiago comendo Andressa me gerava uma mistura de ciúmes, tesão e frio na barriga. Acho que ela percebeu. Dentro do táxi, segurou a minha mão e me chamou para almoçar domingo na sua casa.

A família de Andressa morava em Santana, a poucas quadras do metrô. Cheguei meia hora antes do combinado. A mãe de Andressa abriu a porta. Clara era uma versão envelhecida da filha. Um pouco mais baixa, um tanto mais gorda, com o mesmo sorriso anguloso.

— Seu garoto chegou, Andressa — Clara gritou para dentro de casa. Secou as mãos no pano de prato pendurado no ombro e me cumprimentou com um abraço.

Clara me mostrou o caminho para a sala e desviou em direção à cozinha, de onde vinha cheiro de feijão com louro. Fui recebido pelos latidos de um yorkshire com um laço azul entre as orelhas.

— Pode entrar, Marley não morde — ainda de pijama, Andressa assistia a um desenho com o irmão, um garotinho de oito anos.

Procurei um canto no sofá sem tirar os olhos do cachorro. Andressa me beijou e disse que em um minuto trocava de roupa. Fiquei sob os cuidados do irmão. Davi desligou a televisão. Perguntou se eu jogava video game. Menti que sim. O garoto me entregou um dos joysticks. Levei uma surra no jogo de futebol. Andressa voltou antes de eu perder a segunda partida. Convidou para um pequeno tour. Marley nos acompanhou, ainda desconfiado da minha presença.

A casa de alvenaria ocupava mais da metade do terreno. Um piso. Três quartos. A sala. Um banheiro. A cozinha, o último cômodo. Uma porta ao lado da pia dava para o quintal. Do lado de fora, numa área coberta atravessada por um fio de estender roupas, a máquina de lavar e o tanque. O quintal era cheio de plantas. A árvore mais alta fazia sombra no gramado e abrigava um par de bromélias. Junto ao muro, ao fundo do terreno, uma sequência de laranjeiras se enfileirava. Sentamos na rede presa entre duas goiabeiras. Fazia uma manhã bonita. Céu azul. Não muito quente. A gente ficou ali de bobeira até a mãe de Andressa chamar para o almoço.

O caso de trabalho virou namoro. Passei a frequentar a casa de Andressa todos os finais de semana. Muitas vezes, dormia por lá. O universo de Andressa me trazia paz. Depois que minha mãe partiu, aquela era a primeira vez que eu me sentia acolhido. A família de Andressa estava longe de ser perfeita. O pai abandonou a casa logo que Davi nasceu. Nunca pagou pensão. Clara sustentava os dois filhos com o salário curto de professora. E, com o tempo, percebi que Andressa sentia vergonha da mãe. Escondia dos amigos e dos colegas do trabalho que Clara trabalhava como professora municipal. Em compensação, não perdia oportunidade de comentar sobre o pai médico. Eu achava aquela dinâmica meio merda, mas era de longe bem melhor do que a minha referência de família.

Por conta de Andressa esconder a profissão de Clara, eu me perguntava o quanto podia contar com aquela mina. Essa percepção mudou na tarde em que me ligaram para informar a morte de meu pai. Andressa me abraçou no meio da agência. Foi comigo até Alfenas e resolveu boa parte da burocracia do velório.

Bernardo, um dos pedreiros de confiança de meu pai, contou que foi uma briga por dívida de jogo. Mestre Carlos levou cinco facadas no peito. A briga aconteceu no bar do Biru, onde rolava uma mesa de baralho. O assassino se chamava Tales, era um pedreiro fodido, com um filho recém-nascido. Há três semanas meu pai atrasava o pagamento de Tales e outros peões para cobrir um furo de jogo.

Vendi o Opala de Mestre Carlos por uma pechincha ao dono de uma loja de usados na entrada da cidade. Pedi a Bernardo para me levar à casa de Tales. Bernardo disse que não era hora para vingança. Tales estava fugido, sabe-se lá pra onde. Insisti. Bernardo dirigiu até a frente da casinha de tijolo não rebocado. Desci sozinho. Andressa esperou no carro. Bati palmas. Na janela da frente, apareceu uma mulher raquítica com um bebê no colo. Perguntei quanto meu pai devia.

— Moço, eu não quero complicação — disse a mulher. — Tales é um homem bom. Bebeu demais, perdeu a cabeça.

Insisti em saber o valor. Dentro da casa, uma criança apoiou as mãozinhas na janela para ver meu rosto. Fiquei parado até a mulher responder.

— Mil e quinhentos reais.

Tirei do bolso o dinheiro da venda do Opala. Contei quinze notas de cem e entreguei o dinheiro para ela.

Durante o enterro, o vereador Jair Fraga discursou para as vinte pessoas que cercavam o caixão. Eu queria ir embora daquele lugar e esquecer a cidade de vez. Andressa não soltou a minha mão.

14

Acordei desnorteado. Não reconheci o teto baixo de lona. Na rua, carros e ônibus aceleravam com raiva. Precisei de alguns segundos para entender onde estava. Dormir em uma barraca piorou bastante a dor nas costas. Abri o zíper da portinha e fui para a rua. Sentado com as pernas cruzadas e a coluna muito ereta, o índio bebia chá em uma caneca e comia um sanduíche.

— Bom dia — estiquei a mão. — Nem nos apresentamos.

O índio me cumprimentou com um aperto de mão firme.

— Eu sei quem você é.

— Sabe quem eu sou? — sentei no gramado.

— Sei, mas fique tranquilo — disse o índio. — Você tem uma caneca? Sobrou chá.

— Obrigado. Prefiro saber quem eu sou — cogitei que o índio fosse um detetive particular contratado por Andressa ou então uma espécie de segurança de rua que prestava serviço para o estúdio de balé.

— Você é apenas um menino índio sem rumo.

— Em cheio, também me chamam de Solano.

— Prazer, Rudá. Desculpe por eu não ter outro sanduíche.

Perguntei se ele sabia de algum lugar para eu carregar o celular, ir ao banheiro. Rudá disse que costumava ir a uma lanchonete na rua Itapicuru. Odair, o dono, era gente boa. Emprestava o banheiro e a tomada sem você comprar nada. Caso fosse muito com a minha cara, emprestaria até o banheiro dos funcionários nos fundos da lanchonete, onde dava para tomar banho quente. Pedi para Rudá olhar a barraca para mim.

Enquanto andava, pensei se não seria melhor levantar acampamento. Perder a barraca não era um bom negócio.

A lanchonete ficava a menos de duzentos metros do meu antigo prédio. Era um lugar fuleiro com paredes pintadas com cal e um luminoso desbotado da Coca-Cola. Destoava da paisagem nouveau riche do bairro. É bem provável que por isso ignorei a lanchonete do Odair durante todos os anos em que morei na região.

Quando cheguei, dois homens conversavam numa das mesas de lata abertas na calçada. O mais gordinho perguntou se eu queria algo.

— Sai um pingado com misto quente? — eu disse.

— Claro que sai — o gordinho era o próprio Odair. Levantou da mesa e foi até a porta da lanchonete, de onde gritou o pedido para alguém na cozinha escondida pelo balcão.

Perguntei onde ficava o banheiro e se podia carregar o celular. Odair mostrou a portinha próxima ao balcão. Plugou o celular a uma tomada atrás do jukebox.

O banheiro seguia o padrão de limpeza precário da lanchonete. Preferi não imaginar a cozinha. Aproveitei a pia para lavar o rosto e escovar os dentes, que já criavam pelinhos.

O misto quente e o pingado me esperavam numa das mesinhas de lata.

Da mesa onde conversava com o seu compadre, Odair perguntou se eu morava há muito tempo no bairro.

— Cheguei ontem — eu disse.

— Não acha o rosto dele familiar, Alberto? — Odair ergueu uma das sobrancelhas.

Alberto soltou o copo de cerveja na mesa e me encarou por um tempo. Disse que, na idade dele, usar a pouca memória que restava para guardar rosto de homem era desperdício.

Entre uma mordida e outra no misto, contei que morava no centro. Por questão de segurança, a prefeitura me removeu de meu prédio. Estava acampado na rua por tempo indeterminado. Odair disse que aconteceu o mesmo com o sobrinho que morava na Luz. Evacuaram a quadra. O sobrinho e a esposa ficaram sem ter onde morar. Odair os abrigou. Em troca, davam uma mão na cozinha.

Comentei que, a cada dia, a situação dos prédios dava mais medo. Talvez o melhor fosse seguir a recomendação dos pesquisadores e evacuar todos.

— É isso o que aquele bilionário quer — disse Alberto. — Eu te mandei esse vídeo, Odair. Recebi no grupo. Qual é o nome do véio comunista?

Odair não lembrava. Então joguei o nome de George Soros na roda para ver aonde a conversa ia.

— Esse diabo — seguiu Alberto. — Tava tudo no vídeo. Esse Soros tem derrubado os prédios com uma tecnologia russa para depois comprar as cidades inteiras a preço de banana. Ele não está sozinho, não. Parece que tem até ator de Hollywood no esquema. Eu não arredo pé do meu prédio.

Odair concordou. Disse que logo essa besteira de prédio cair acabava e um monte de gente ia se arrepender de ter entregado os apartamentos por uns trocados.

— O senhor tem a lanchonete há um bom tempo, né? — eu disse.

— Vinte e sete anos é um bom tempo, meu chapa? — Alberto respondeu por Odair.

— Tempo suficiente para brigar e fazer as pazes uma dúzia de vezes com pilantras tipo esse aí — Odair deu um soco leve no braço de Alberto.

— Talvez você conheça uma amiga que dança no estúdio de balé — bebi um gole do pingado que começava a amornar. — Desde que o primeiro prédio caiu, não tive notícias dela.

— As meninas do balé não aparecem muito aqui, mas quem sabe — disse Odair. — Como ela se chama?

Fiz de conta que não ouvi a pergunta. Busquei o celular. Mostrei a foto torta que tirei de Georgia no último dia em que nos vimos. Odair contraiu os olhos para examinar a foto. Só aparecia o rosto entre o vão da porta. Mostrou o celular para o Alberto.

— Parece a filha do Hélio?

— A gostosa? — disse Alberto.

— A que tem idade para ser sua neta — Odair me devolveu o telefone. — Qual é o nome da sua amiga?

— A turma a chama de Georgia, mas acho que é apelido.

— Puta apelido feio — disse Alberto.

— A filha do Hélio se chama Daniela. Dança desde novinha. Mudou do bairro faz cinco anos, mas volta e meia passa por aqui.

— Onde o Hélio mora?

— Morava — Alberto faz o sinal da cruz com a mão.

— O prédio do Hélio caiu semana passada. Não encontraram o corpo.

15

Depois de pagar o lanche, pedi a Odair que avisasse se Daniela passasse pela lanchonete. Perguntei também onde ficava o prédio onde Hélio morava. Odair mostrou no mapa do celular. Rua Minerva, próximo à avenida Sumaré. Pedi para levar o jornal do dia anterior que estava dobrado sobre o balcão.

Não deu pra chegar perto dos escombros do prédio de Hélio. Uma viatura policial vigiava a faixa de isolamento uma quadra antes do prédio. Circulavam por ali apenas bombeiros e os caminhões carregados de entulhos. Imaginei o corpo leve de Georgia esmagado por toneladas de concreto. Se Georgia fosse Daniela, qual a chance de estar no apartamento do pai quando o prédio caiu?

16

Andar pelo bairro me dava a certeza de que eu seria abordado por Luiza ou Andressa a qualquer momento. Baixei a aba do boné o máximo que consegui. Ergui a gola da jaqueta jeans. O que eu diria se Andressa me encontrasse? Preferia não pensar nessa possibilidade. Fiquei o resto da manhã na barraca com as notícias do jornal de Odair.

A matéria da capa falava da briga entre o presidente e os peritos que defendiam a evacuação dos prédios. No caderno de decoração, uma apresentadora de TV mostrava a sua cobertura de oitocentos metros quadrados e dizia que não sairia de casa por nada. Notícias internacionais. Em Londres, caiu o prédio de um funcionário do Fundo Monetário Internacional. Dias antes, o jovem fez um post no qual dizia que as cidades deviam voltar à normalidade para o bem da economia. O jovem morreu soterrado. O FMI não se pronunciou.

17

Assim que me formei em economia, o pai do JP fundou a corretora de valores. JP me convidou para trabalhar com eles. Além dos benefícios usuais como plano de saúde e vale-refeição, eu receberia um bônus pelos resultados do fundo de investimento que ajudaria a administrar. Mesmo sem ter experiência com fundos, topei. Não havia muitas opções. Era trabalhar com o JP ou rezar para o banco me efetivar e eu atolar idosos em empréstimos pelo resto da vida.

Com o salário melhor, Andressa e eu alugamos o primeiro apartamento na Bela Vista. Era pequeno, quarto e sala. A máquina de lavar ficava no banheiro. No roupeiro, nem cabiam todas as roupas de Andressa. Doamos duas caixas cheias de calças e blusas para o bazar da AACD. Nos finais de semana que não passávamos na cama transando, Andressa dirigia nosso Ford Ka até Santana. Num desses almoços, ela contou sobre a ideia do casamento para Clara. Foi uma festa simples. Entre os convidados, a família de Andressa, dois amigos do banco, JP e a namorada, Elisa. Saímos do cartório e fomos para um restaurante nos Jardins. JP pagou a conta. Disse que era presente do seu pai. Passamos cinco dias em Maceió. Na volta, a vida seguiu bem.

As coisas mudaram três anos mais tarde, quando Andressa entrou em uma grande consultoria de gestão. O salário era ótimo. O suficiente para juntarmos com o que ganhei na venda da casa de Alfenas e financiarmos o apartamento da Bela Vista. O problema do trabalho na consultoria eram as viagens frequentes. A cada mês, Andressa passava dez dias fora de casa. Eu não lidava bem com isso. Anos depois, uma psicóloga me disse que eu projetava o abandono da minha mãe. Pode ser. O fato é que, na época em que as viagens começaram, eu entrei em um ciclo bizarro.

Primeiro foi o trabalho em doses cavalares. Mesmo quando desligava o computador na corretora e ia para casa, não desgrudava das notícias do mercado. Dia e noite, acompanhava as cotações pelo mundo, sempre de olho em alguma oportunidade para o fundo. Era excitante como video game, mas com a vantagem de cair um monte de grana na minha conta caso eu ganhasse. A possibilidade de entrar numa concessionária e comprar um Audi à vista apenas com o bônus que recebi na virada de um trimestre me fascinava. Era como se o garoto de Alfenas nunca tivesse existido nesse novo mundo movido por dinheiro e marcas caras.

Em seguida, descobri a cocaína. JP encomendava o pó de um motoboy que entregava no escritório duas vezes por semana. Terças e sextas. Quase todos os analistas da corretora cheiravam. Os papelotes no lixo do banheiro não deixavam dúvidas. O pai de JP fingia não saber. Mesmo com o país em crise, os resultados iam bem. Poucos investidores se dão conta de que boa parte do lucro de uma corretora de investimentos vem das taxas de corretagem. Tanto faz se a bolsa caiu ou subiu. Cada vez que alguém compra ou vende um lote de ações, entre três e cinco reais ficam para a corretora. Multiplique isso pela quantidade de operações diárias de milhares de correntistas e seja um bilionário feliz.

A cocaína combinava com a ansiedade do mercado. No ciclo de cheirar, comprar, vender, pulsava uma energia primitiva dentro de mim. Eu precisava extravasar, e nada mais primitivo do que o sexo. Começou com a recepcionista. Uma baixinha estrábica com a bunda dura. A gente transava no intervalo do almoço dentro do carro ou no final do expediente na escada de emergência do prédio. Muitas vezes era algo rápido. Eu desabotoava a calça, Bia levantava a saia e pronto.

18

JP gostava de dizer que Freud criou a psicanálise movido a cocaína. Confesso que também simpatizava com a ideia. Ter um pensador do nosso lado trazia certo glamour para a coisa toda. Depois li numa revista que Freud não criou a psicanálise enquanto usava cocaína, e sim desiludido com a droga.

Nas rodas de Viena, Freud ouviu sobre o poderoso pó que aliviava dores. Experimentou em pacientes e se empolgou com os resultados. Em 1884, publicou um artigo sobre os efeitos da coca e seus usos terapêuticos. A venda de cocaína era lícita na Áustria. Freud receitava para casos de histeria, melancolia e prostração nervosa.

Naquela época, a comunidade médica de Viena via Freud como charlatão. Não faltavam piadas sobre o método de hipnose. Sem grana e sem prestígio, ele embarcou na onda da coca também. Usou muito, de forma compulsiva. Não cheirava, bebia diluída em água.

Perto de 1890, Freud percebeu que a cocaína mais fodia a sua vida do que ajudava. Parou de prescrever aos pacientes e também de consumir. A decepção com as drogas levou Freud a estudar um tratamento sem medicamentos, baseado na fala. Então nasceu a psicanálise. Agora convence um viciado que essa é a história verdadeira.

19

Quando descobri que JP repartia Bia comigo, larguei de mão. Investi em outra colega recém-chegada à corretora. Gabi era seis anos mais nova do que eu. Filha de um figurão amigo do pai de JP. Jogava tênis no Clube Pinheiros. Por segurança, usava um carro diferente a cada semana. Sempre modelos blindados. Ela estudava na FGV, primeiro ano do curso de administração. Na corretora, trabalhava como estagiária do grupo que analisava as ações do mercado de minério. Tinha um namoradinho pamonha.

A primeira vez que transei com Gabi foi num banheiro de bar. Era happy hour da firma. Os dois estavam bem altos. Ela deu a ideia. O banheiro ficava no segundo andar. Tinha pouco movimento por lá. Quando descemos, peguei um táxi direto para casa. Gabi usava um perfume seco, muito bom. Provavelmente comprado em Paris ou Nova York.

No começo, eu achava Gabi uma patricinha tarada. Com o passar das semanas, saquei que era mais madura do que outras garotas de dezoito anos. Gostava de fumar maconha antes de transar. Dissertava sobre política e filosofia. Adorava signos. Inclusive me encheu a paciência para que eu descobrisse a hora em que nasci. Revirei a pasta de documentos até achar o registro de horário na certidão de nascimento. Gabi fez o meu mapa astral. Disse que eu tinha sol em Áries, lua em Aquário, ascendente em Libra. Nunca entendi nem quis entender o que diz essa configuração. Gabi acreditava que nossos mapas batiam, isso bastava.

Conforme os dias passavam, Gabi e eu deixamos toda discrição de lado. Voltávamos do almoço juntos. Dávamos perdido na turma quando saíamos para beber. Trocávamos mensagens de texto a toda hora. Não importava se eu estava numa reunião ou na cama com Andressa. Gabi dispensou o namorado. Eu cogitava sair de casa. Só não sabia como.

Num feriado prolongado de outubro, eu e Andressa descemos para a casa de praia de JP. Programa de casal. Além de JP e Elisa, estavam por lá Marília, uma prima fresca do JP, e Álvaro, o marido que só comia carne kosher. Levei uma quantidade razoável de pó na mochila. Eu e JP nos revezávamos no banheiro para cheirar.

No fim da tarde, sentamos na varanda, perto da churrasqueira onde Álvaro preparava o fogo. Andressa contava para JP e Marília sobre as viagens a trabalho para as usinas elétricas. Eu trocava mensagens com Gabi.

Elisa trouxe da cozinha uma garrafa de vinho branco. Serviu uma taça para JP e, em seguida, para Andressa, que recusou.

— Dona Andressa recusando vinho? — disse Elisa. — Temos uma grávida no grupo?

Tirei os olhos da tela do celular e me deparei com o rosto de Andressa incandescente.

— Ei! Meu nome está no bico da cegonha? — levantei da poltrona.

— Parece que sim — disse Andressa. — Talvez seja hora de acabar com os almoços prolongados.

Fiquei sem reação. Andressa sabia de Gabi. Talvez soubesse de Bia. Talvez soubesse da cocaína. E eu ia ser pai.

JP propôs um brinde para quebrar o clima.

Na volta para São Paulo, chamei Gabi para um café. Expliquei a situação e acabei o namoro. Tive medo de Gabi causar alguma confusão. Não foi o caso. Gabi disse que não esperava outra atitude de alguém com o ascendente em Libra. Pediu demissão na mesma semana. Trocou o número de celular e deixou no vácuo todas as minhas mensagens de arrependimento.

20

O movimento no estúdio de balé diminuía a cada dia. Boa parte das famílias com grana estavam longe de São Paulo, confortáveis em casas de praia e sítios. Tornou-se uma cena comum carros passarem cheios de malas. As empresas de mudança e galpões de depósito faturavam uma grana. Talvez Georgia estivesse longe, ilhada, no meio do mato. Não fazia muito o estilo dela. Talvez Georgia fosse mesmo essa tal Daniela.

Perto das onze da noite, enrolei um baseado e saí para dar uma volta. Na barraca ao lado, Rudá roncava pesado. A rua estava bem vazia. Nenhum carro. Não havia vivalma. A poeira do ar formava um nevoeiro londrino, que ganhava um tom esbranquiçado na altura das lâmpadas dos postes.

Acendi o baseado. Eu vagava como uma alma perdida. Evitei as ruas com prédios altos. Desci até a avenida Sumaré. Caminhei por entre as árvores da ciclovia. Apaguei o baseado na tampa da latinha onde guardei a ponta. Subi pela rua Minerva. Nenhum policial cuidava da faixa de isolamento ao redor dos escombros do prédio de Hélio. Fui adiante. Em meio ao nevoeiro, reparei em um caminhão estacionado. Meia dúzia de peões trocavam insultos e riam enquanto carregavam a caçamba com entulhos. Fui para o lado oposto. Eu estava bem chapado. Caminhei com passos leves sobre os blocos de concreto, com medo de machucar Georgia ou algum outro soterrado. Junto ao concreto, havia pedaços de sofás, armários, roupas.

Fiquei de joelhos em frente a uma pilha mais alta de entulho. Coloquei o ouvido no concreto. O único som que eu ouvia era a gritaria dos peões no outro lado do terreno. Removi um bloquinho de tijolo. Depois um abajur retorcido. Um pedaço de madeira. Conforme retirava, jogava para o lado. Que bosta eu estava fazendo? Entrei num transe de jogar entulhos para o lado. Imaginava o corpo de Georgia ali embaixo. Retorcido. Frio. Estático. Cheguei a um bloco grande. Uma armação de ferro com mais de um metro e meio. Nas pontas, pedaços de concreto. Era pesado pra cacete. Arrastei para longe. O bloco rolou pela pilha de concreto. O barulho chamou a atenção dos peões.

— Quem está aí? — uma silhueta com capacete de obras surgiu no nevoeiro.

Em segundos, eram três peões ao meu redor.

— Procurando o que aqui, vagabundo? — o peão magrelo segurava um cano de ferro.

— Deixa o cara — disse o tiozinho de bigode largo. — Veio achar algo para vender.

— Minha namorada — eu me levantei. — Minha namorada morava no prédio.

— Cala a boca. Isso era prédio de bacana — disse o peão com camisa regata verde. — Namorada de mendigo não morava aqui não.

Senti a barra de ferro nas costas. Em seguida um chute no joelho direito. Caí sobre os escombros. Protegi a cabeça com as mãos. Outros cinco chutes me acertaram. O tiozinho do bigode empurrou os outros dois peões para longe de mim.

— Querem matar o cara?

A chapação passou num instante. Levantei devagar.

— Vaza, vagabundo! — o peão apontou o cano na minha direção. — Vaza!

— Vai embora — o tiozinho continha os colegas.

Minhas costelas, o antebraço direito e o joelho doíam à beça. Caminhei o mais rápido que pude para fora da faixa de isolamento. Depois, reduzi o passo. O caminho mais curto para a barraca passava em frente ao meu antigo prédio. Parei para acender a ponta de baseado. As luzes do quarto de Luiza e da sala estavam acesas. Fiquei ali por alguns minutos na tentativa de ver algum vulto, mas ninguém passou.

Parte 4

I

Acordei com os olhos grudados. A poeira no ar e o lance de dormir com a barraca na beira da rua triplicaram a minha produção de remela. Saí da barraca para lavar os olhos com a água que guardava numa garrafa PET. As costas e o joelho doíam.

Sentado sobre as pernas cruzadas, Rudá olhava o movimento minguado da rua.

— Por que o amigo está mancando? — Rudá disse.

— É a idade.

Quando despejei a água nos olhos, a maçã do rosto ardeu. Descobri um esfolado na altura do nariz. À noite, não havia percebido. Rudá riu. Disse que a idade me acertou com tudo no olho. Pedi o fogareiro de Rudá emprestado. Coloquei água para esquentar na leiteira de alumínio. Depois misturei com café solúvel na caneca. Ofereci para Rudá.

— Obrigado. Não tomo café.

Preparei um sanduíche com pão, salame e queijo. Quando dei a primeira mordida, o telefone notificou uma mensagem de texto. Georgia? Não, era o velho do papagaio avisando que vendeu a televisão. Eu estava rico. Podia quitar o aluguel e me livrar de outra surra.

Depois de terminar o café, desmontei o acampamento. Rudá se ofereceu para cuidar de tudo até eu voltar. Preferi levar as coisas comigo. Talvez eu dormisse na quitinete.

2

No ônibus para o centro, o cobrador lia no celular e comentava as notícias com o motorista. Um hotel caiu na China e deixou mais de duzentas pessoas desaparecidas. Foram presos os responsáveis pelo incêndio de um prédio no centro da cidade. A notícia que mais indignou o cobrador era sobre a briga entre o presidente e o prefeito de São Paulo. A prefeitura ordenou a paralisação de qualquer obra de empreendimentos com mais de sete andares. Então começou uma batalha judicial entre os compradores de apartamentos, que exigiam o dinheiro de volta, e as empreiteiras, que pediam ajuda ao governo federal. O presidente disse que o prefeito queria causar pânico e promover populismo e gastança com a construção de casas populares.

Enquanto o cobrador comentava as notícias, eu tentava entender por qual rua passávamos. Não reconhecia o trajeto. O ônibus costurava um caminho improvisado. Desviava das ruas interditadas. A cidade se tornou um labirinto sem horizonte. O motorista parava o ônibus a cada esquina para pensar qual direção tomaria. Nas calçadas e praças, muitas barracas e gente mal acomodada.

3

Entrei na loja do tiozinho ao som de "Atirei o pau no gato" interpretado pelo papagaio. O tiozinho me pagou trezentos reais. Disse que o comprador pediu um desconto. É bem provável que o velho tenha embolsado o dinheiro, mas tudo bem. Era um milagre vender uma televisão usada numa cidade onde metade da população debandou e a outra estava em casa com medo. Juntei o dinheiro com o restante do valor que levava na mochila e fui em direção ao edifício João Ramalho. Queria esticar as costas na cama. Tomar um banho. Beber uma cerveja da geladeira.

Havia poucos pedestres nas ruas. A praça da República estava tomada de barracas. Três policiais a cavalo faziam a ronda na tentativa de manter alguma ordem. Quando cheguei ao largo do edifício João Ramalho, o prédio era uma montanha de cinzas e brasa. Atrás de uma fita de isolamento que cercava a praça inteira, bombeiros removiam entulhos e gritavam em busca de sobreviventes. Os acampados não estavam mais lá, nem Adriano, nem Dagu, nem o meu apartamento. Bateu uma tontura forte. Sentei no meio-fio com a mochila nas costas. Respiração pesada. O coração acelerou. Crise de pânico, há meses eu não tinha uma. Sentia os pés leves e um medo profundo. A morte se aproximou e sentou ao meu lado. A vista turva. Pensei que fosse desmaiar. Eu sabia como a crise funcionava. Era só respirar. Manter a mente calma. Estava tudo bem. Tudo bem. Fiz um exercício de respiração que a psiquiatra ensinou. Puxava o ar pelo nariz. Contava até três e deixava o ar sair pela boca. Tentei rezar um pai-nosso. Não lembrava como começar.

4

Quando o ritmo do coração normalizou, fui à padaria. Nenhum chapista ou garçom por lá. O dono atendia no balcão. A filha adolescente cuidava do caixa. Há dias o padeiro que fazia carolinas não dava as caras. Pedi um chá de camomila. Perguntei o que aconteceu com o prédio. O dono da padaria entregou a xícara com água quente com um saquinho de chá no pires. Disse que sabia pouco a respeito do incêndio. A filha baixou a cabeça para eu não puxar assunto.

Sem apartamento e tenso, eu precisava de algum lugar para deitar. Peguei um ônibus de volta para Perdizes. Mandíbula travada, controlava a respiração. Busquei a notícia no celular. Fez sentido o silêncio na padaria.

O garoto morto dias antes tinha um irmão. O irmão do garoto tinha amigos. Essa turma toda cresceu numa quebrada onde não se leva desaforo para casa. Quando confirmaram que Adriano assassinou o garoto, prepararam o plano. Na tarde anterior ao incêndio, os comerciantes acharam estranho o repentino sumiço dos acampados do largo. À noite, três focos de incêndio surgiram em andares distintos. Usaram apartamentos vazios. Espalharam litros de gasolina levados em garrafas plásticas e buchas de jornal. Boa parte das famílias deixou o prédio a tempo. Entre as fotos dos mortos, reconheci Dagu. A reportagem não mencionava Adriano nem os demais milicianos.

5

Olá, Georgia. Não sei se você passou pelo meu prédio essa semana ou leu alguma notícia. Ele veio abaixo também. Por ironia, foi um incêndio. Escrevi para avisar que estou bem, apesar de ainda não entender por que você desapareceu. Espero que esteja segura. Sinto sua falta. Quem sabe quando toda essa loucura acabar a gente se encontre de novo. Um beijo. Mensagem recebida e não lida.

6

Sempre achei vingança coisa de filme. Pelo menos até a tarde em que fiquei fora de mim e fui ao prédio da corretora. Apesar de estar afastado do trabalho há dois meses, foi simples conseguir um crachá de visitante. Fingi que ia ao andar do escritório, desci até o estacionamento. Encontrei o Volvo de JP parado na vaga de costume. Esperei por ali. Quando saiu do elevador, JP sorriu surpreso ao me ver.

— Querido, ia ligar pra você — disse JP. — Bora armar um churrasco...

Nem deixei ele terminar a frase. Acertei um murro na boca e outros três que pegaram próximos à orelha. JP caiu zonzo. Peguei a mochila dele do chão. Golpeei a cabeça de JP até o nariz sangrar e a carcaça do notebook despedaçar dentro da mochila. JP desmaiou ou fingiu para não apanhar mais.

No elevador, reparei que havia sangue na minha calça. Um ex-colega gaiato me viu na saída do prédio. Puxou papo. Eu disse que precisava buscar Luiza no shopping e passei batido. Desde aquela tarde, não voltei mais para casa. Não usei mais o cartão de crédito, nem movimentei minha conta-corrente. Antes de ir ao prédio da corretora, separei uma boa quantia de dinheiro dentro da mala que deixei no albergue onde dormi as primeiras noites. Depois comecei vida nova como morador do edifício João Ramalho.

7

Desci do ônibus no ponto perto do estúdio de balé. A vista turva. Eu tentava respirar, mas o ar não vinha, como se duas mãos esmagassem meus pulmões. Precisava deitar. Esquecer por um instante a imagem do prédio em cinzas. Lembro-me de Rudá perguntar se estava tudo bem. Lembro-me de tirar a mochila das costas e dizer que ia montar a barraca. Depois não me lembro de mais nada.

Acordei deitado sobre o saco de dormir.

— Tudo bem, meu chapa? — disse Rudá, sentado ao lado.

Apoiei os cotovelos no chão para erguer o corpo. Sentei. O coração batia mais tranquilo. Contei devagar como tudo aconteceu. O dinheiro pela venda da televisão. O aluguel atrasado. O prédio caído quando cheguei ao largo. O edifício João Ramalho era uma montanha de cinzas.

Rudá esboçou um sorriso. Logo voltou à expressão serena habitual. Não entendi porra nenhuma. Qual era a graça de um prédio incendiado, gente morta, dezenas de pessoas sem lar? Ele perguntou se eu estava com fome. Tinha um pacote de bolachas na mochila.

— Nada de bolacha — eu disse. — Você é meu convidado para almoçar.

8

Sentamos numa mesa externa da lanchonete do Odair. Pedi uma cerveja, dois copos e o cardápio. Odair trouxe uma Heineken. Esfregou a bundinha da garrafa com dois dedos para a cerveja não congelar. Sacou a tampa.

— Você escolhe — entreguei o cardápio engordurado para Rudá.

— É namoro? — perguntou Odair ao servir os copos com cerveja.

Rudá não mostrava os dentes ao sorrir. Disse que o que eu escolhesse estava bom.

— O.k. — nem abri o cardápio. — O filé à parmigiana serve dois?

— É na medida para um casal — Odair foi o único a se divertir com a piada. Anotou o pedido no talão que trazia no bolso e o levou para a cozinha.

— Por dias melhores — Rudá ofereceu um brinde.

— Por dias melhores.

O primeiro gole em uma cerveja congela os problemas por alguns segundos. Fazia dias que eu não bebia. Relaxei na cadeira. Faltava só um baseado ali. É bem provável que Odair ficasse puto da vida se eu acendesse. Fiquei de boa.

Rudá perguntou se eu sabia o motivo do incêndio no prédio. Contei o rolo dos milicianos contra os acampados. Antes de aparecer o garoto morto, dava para sentir a tensão no ar. Adriano se achava o xerife da área. Tinha apoio dos comerciantes e de políticos do baixo clero. Do outro lado, um monte de gente sem casa, fodida, sem nada a perder. Era um palheiro pronto para pegar fogo.

O filé ocupava uma travessa inteira, banhado em molho de tomate, com muito queijo derretido por cima. Servia uma família. A segunda travessa era dividida entre arroz e fritas.

Por dez minutos não se ouviu minha voz nem a de Rudá. Não sei se o filé realmente estava tão bom assim ou se era porque a gente não via carne fazia um bom tempo. Pedi para Odair um pão extra para limpar o molho da travessa.

— Alguma notícia da filha do Hélio? — perguntei.

Odair fingiu que não ouviu a pergunta. Repeti.

— Você gostava da garota? — Odair desviou o olhar.

— Gostava?

— Saiu uma lista no jornal. Daniela estava com o Hélio no prédio. — Odair prosseguiu. Disse que talvez não fosse a minha amiga da foto, só parecida com ela. A vista dele estava velha. Passou o endereço de Camila, amiga de infância de Daniela. Disse que Camila teria uma foto de Daniela para acabar com a minha dúvida.

9

Saí da lanchonete e fui direto ao endereço que Odair anotou no papel. O filé e as fritas saltavam na barriga. Rudá me acompanhou sem entender bem do que se tratava.

— É sua namorada?

— É uma garota que encontro toda semana. Quer dizer, encontrava. Quando os prédios começaram a cair, Georgia sumiu do mapa.

— Georgia? Entendi o Odair dizer outro nome.

— É uma história complicada. A gente se conhecia por nomes falsos. Terças e quintas, sexo, maconha e só.

— Talvez ela não queira ser encontrada — Rudá disse.

— Ou talvez esteja trabalhando pra socorrer pessoas. Ou talvez esteja embaixo de um prédio. É tanto talvez que isso tem me fodido a cabeça. Como se vive com a incerteza, meu amigo?

Rudá entrou num papo filosófico de que acreditava no agora, no sol, na terra, nas plantas. Sem cabeça para esse tipo de conversa, liguei a audição seletiva. Concordei com tudo até chegarmos ao endereço indicado por Odair. Era um salão de beleza com fachada rosa. Encontramos a porta de ferro trancada sem nenhum sinal de gente por perto. Bati na porta. Não houve reação no lado de dentro. Rudá me convenceu a procurar Camila mais tarde. Talvez fosse horário de almoço. Melhor voltar ao palácio e descansar um pouco.

Palácio, esse era o nome que Rudá deu à praça onde acampávamos. Disse que, se reparasse bem, eu veria que o formato das árvores compunha uma pequena fortificação em U que nos protegia do vento e do movimento das ruas. Nesse palácio, não éramos reis, apenas súditos como os pássaros, gambás, formigas, abelhas. Eu via apenas um grande canteiro com mato à beira de uma rua asfaltada.

10

Montei a barraca. Deitei no saco de dormir e fechei boa parte do zíper para me esconder do ar frio da rua. A malha de balé ainda levava o cheio do suor de Georgia. Achei estranho pensar que talvez aquele cheiro fosse de uma mulher morta. Abracei a malha como se abraçasse Georgia. Fechei os olhos para relaxar. Uma série de flashes se sobrepunham. O edifício João Ramalho caído. Georgia esmagada entre os escombros. O corpo de Cléber Figueira Lopes despencando do prédio. O borrão escuro do espírito ao pé da minha cama. O rosto ensanguentado de JP no chão do estacionamento. Por mais que meu corpo pedisse descanso, a cabeça não conseguia dormir. Então ouvi palmas do lado de fora da barraca. Clap. Clap. Clap. Repetiu a batida. Abri a portinha de lona e saí. Do lado de fora, Luiza com o aparelho dentário cromado à mostra e toda a arrogância dos seus catorze anos de idade.

— Sabia que era você aquele dia — Luiza espiou para dentro da barraca. — Por que fugiu de mim?

Não respondi, e mesmo que fosse dizer algo, não daria tempo. Luiza me abraçou. Ela estava bem magra e crescida.

— Por que você foi embora? — Luiza escondeu o rosto no meu ombro.

— A sua mãe não imagina?

— Procuramos você até em cemitério — Luiza desfez o abraço.

— Vocês vão sair da cidade? — minha mão tremia quando toquei o ombro de Luiza. — As coisas estão perigosas por aqui.

— Volta pra casa. Até sexta mudamos para a casa da vovó. Vem com a gente.

— Ainda tem roupas minhas no apartamento?

— Nada mudou desde que você sumiu.

— Traz roupas limpas pra mim?

Desde a última vez que vi Georgia, eu não recebia o abraço de alguém. Era uma constatação ridícula, mas naquele momento o abraço de Luiza me fez finalmente relaxar um pouco.

— Você não sente minha falta?

— O que você acha? — beijei a testa de Luiza.

— Por que você não volta pra casa? — Luiza espiou mais uma vez a barraca.

— É complicado, querida. Traz as roupas, depois a gente conversa.

Luiza insistiu em entender por que eu tinha ido embora. Para acabar com o assunto, menti que sentia fome. Precisava muito de algo para comer. Disse que não comentasse com Andressa sobre o nosso encontro ou eu sumiria de novo. Enquanto Luiza se distanciava em direção ao apartamento, eu calculava se desmontava o acampamento e dava no pé ou esperava ela voltar.

II

É estranho acompanhar uma menina crescer. Pelo menos foi estranho para mim, um garoto sem mãe criado por um mestre de obras. Luiza era uma criança fofa, sempre acima do peso. Foi para a escolinha com menos de um ano de idade. Andressa queria voltar ao trabalho. Até completar dez anos, ela não desgrudava da mãe. Depois, a relação entre as duas desandou. Andressa queria que Luiza fosse responsável. Queria que Luiza fizesse tudo o que ela não fez na infância pobre. Inglês, francês, ginástica olímpica, natação, curso de programação e o que mais aparecesse em revistas da moda ou em rodas de conversas entre pais. Luiza só queria ser uma criança comum. Andar de bicicleta. Jogar bola. Fofocar com os amigos no telefone. No meio dessa guerra, eu escutava as reclamações de ambos os lados, além de trabalhar como um cavalo.

12

Eu tentava ser um bom pai até desabar por dentro. Sim, é isso que o modo de trabalho em cidades como São Paulo faz com você. Começa aos poucos. Você assina um contrato no qual troca seu trabalho por um salário, um plano de saúde e um cartão de vale-refeição que garante o almoço modesto em algum restaurante por quilo próximo ao escritório. Depois de entregarem o kit de sobrevivência, encilham você e o levam para uma pista de corrida. Os demais competidores são os colegas de trabalho. Você convive cinquenta horas por semana com essas pessoas, o triplo do tempo que passa com a sua família. Entre colegas, porém, não há amor. Vocês estão em uma corrida, lembra? Entre colegas só há desconfiança, inveja e sexo casual. Mesmo nos happy hours e festas de final de ano, é possível sentir em cada drinque o gosto tóxico de intrigas. Quem terá o melhor resultado? Quem vai ganhar o bônus, os prêmios, a promoção? Quem terá as férias mais caras? Quem bebe o melhor vinho?

Então, quando você percebe, sua vida se resume a torrar quantidades obscenas de dinheiro e trabalhar. E o trabalho se resume a uma poça de bosta em que você deseja a morte de todos ao redor. Pequenos incômodos geram enorme irritação. As luzes fluorescentes. As bancadas apertadas. O gosto do café. A sensação de que você nunca entrega o suficiente. Não é bom o suficiente. Não tem ideias o suficiente. Tudo isso o empurra para baixo a ponto de você se achar burro, incapaz e paralisado. O trabalho, ou melhor, a forma como o capitalismo se apossou do trabalho, torna a sua alma cinza como a cidade, como se você fosse um prédio velho, cheio de baratas, prestes a ruir.

Eu não acreditava em psicólogos nem em medicamentos que prometiam felicidade e paz. Depois que me mudei para São Paulo, toda hora eu escutava alguém falar sobre estresse. A necessidade de bancar a própria comida desde cedo fez de mim um sujeito prático. Aquele papo de não aguento a pressão do chefe sempre me pareceu choradeira de gente criada em apartamento. Eu não tinha tempo para aquela ladainha, precisava trabalhar. Apesar da amizade com JP, sabia que haviam me contratado porque eu trabalhava muito e sem reclamar. Sabia também que, se não rendesse o que o pai do JP esperava, minha vaga seria ocupada por algum garoto de sorriso branco que frequentava a piscina do Clube Pinheiros. A meritocracia paulistana é torta e implacável. Nessa falsa corrida entre funcionários, os únicos vencedores são os donos das empresas e os acionistas.

Eu encarava bem o lance de trabalhar até quinze horas por dia. Pelo menos achava que encarava. Então numa manhã Andressa pediu para Luiza desligar o tablet e se arrumar para a aula de francês. Eu conferia as cotações do S&P 500. A gritaria entre as duas invadia minha cabeça com choques que bloqueavam qualquer atenção à tela do notebook. A raiva me partiu num rasco. Arremessei o tablet pela janela do apartamento. Um silêncio péssimo se estabeleceu. À noite, Andressa disse que era melhor eu procurar ajuda. Não tolerava nenhum tipo de violência em casa. Bastava o que viveu com o pai.

Andressa marcou a consulta na psiquiatra. Fui a contragosto. O consultório ficava num sobrado em Pinheiros. A psiquiatra passava dos cinquenta anos, vestia roupas largas, bem elegantes. Ofereceu chá. Agradeci. Durante a sessão, pediu para eu contar por que estava lá. Contei que Andressa se assustou com um pico de raiva. Não era nada de mais. Então a psiquiatra entregou para mim uma lista de sintomas. Lemos juntos. A ideia era eu reconhecer em qual estágio estava.

1. Compulsão em demonstrar o próprio valor;

2. Incapacidade de se desligar do trabalho;

3. Negação das próprias necessidades, como dormir e praticar esportes;

4. Fuga de conflitos;

5. Inversão de valores. A família, os momentos de descanso, não têm importância. O foco único é nos resultados de trabalho;

6. Tornar-se intolerante. Considera os colegas de trabalho incompetentes. Aumento da agressividade e sarcasmo;

7. Distanciamento da vida social. O trabalho é feito de maneira automática. A necessidade de relaxar pode levar ao uso de drogas ou álcool;

8. Mudanças de comportamento. Você troca a alegria pelo medo e pelo desânimo;

9. Despersonalização. Você não percebe o próprio valor e não sente empatia com as pessoas ao redor;

10. Vazio interno. O desconforto é preenchido por drogas, álcool, comida, sexo ou outras compulsões;

11. Depressão. Você sente medo do futuro. A vida não tem sentido. Sente que está perdido e exausto;

12. Burnout, também conhecido como estafa ou esgotamento. Há um colapso mental e físico, assim como pensamentos suicidas.

Nem preciso comentar em qual estágio eu estava. Saí do consultório com a receita de remédios e um atestado que pedia o meu afastamento temporário do escritório. Ela disse que era fundamental eu me afastar do ambiente que causava estresse, tomar os remédios e seguir com a terapia. Meu plano era esconder o atestado. Andressa correu na frente. Após a consulta, ligou para a psiquiatra, que comentou sobre o afastamento.

13

Luiza levou uma sacola de roupas limpas e outra com bananas, maçãs e três pacotes de miojo. Nunca entendi a fascinação dos adolescentes pelos miojos. Ofereci uma maçã para Rudá, que lia embaixo da sombra das árvores.

— A guria é a sua cara — Rudá fez um sinal com a mão para agradecer a maçã.

— A última vez que falaram isso, ela chorou por três dias.

— Eu tinha oito anos de idade e você usava barba — Luiza se interessou pelo livro de Rudá, *O lobo da estepe*. Ficaram de papo. Entrei na barraca para guardar as sacolas. As roupas encheram a barraca com cheiro de amaciante. Peguei uma camiseta limpa. Meu sovaco fedia tanto que fiquei com dó de trocar de camiseta. Perguntei a Luiza se Andressa estava em casa.

— Foi encontrar um cliente em Campinas.

— Será que dá tempo de eu tomar banho?

Luiza disse que Andressa só voltava no final do dia. Combinaram de empacotar o que levariam para a casa de Santana à noite.

Pedi para Rudá espiar a barraca e fui com Luiza. Era bom estar apresentável para falar com a tal Camila. Quem daria informações a um mendigo? No caminho para o apartamento, percebi como era ruim a ideia de subir até meu antigo lar.

14

As casas sabem tudo sobre as pessoas. Foi só eu entrar pela porta da sala que o apartamento me reconheceu. Nem deu bom-dia. Despejou uma série de objetos e fotos para cobrar uma pesada fatura do passado. A porta do quarto de Andressa estava aberta. Os lençóis desarrumados, como de costume. Senti a fragrância de baunilha do perfume de Andressa no ar. Preferi não entrar.

— Posso usar o seu banheiro? — eu disse.

Luiza pediu um minuto para tirar as calcinhas do boxe. Esperei no quarto. As paredes estavam pintadas de cinza. Antes eram verdes. Pintamos juntos num final de semana. Luiza se divertiu, mas o resultado ficou uma tragédia. Respingou tinta verde pelo apartamento inteiro. Depois Andressa chamou um pintor para emparelhar os rodapés e tirar as manchas do teto de gesso.

Tranquei a porta do banheiro. Deixei a água quente do chuveiro cair sobre mim. Relaxei os ombros e o músculo do pescoço. Melhor só com uma punheta. Era impossível me masturbar no banheiro de Luiza. Fiquei uns dez minutos de boca aberta sentindo os pingos. Depois lavei os tocos de cabelo com o xampu de Georgia. Aproveitei a espuma para ensaboar o saco, os sovacos. Esfreguei um calcanhar contra o outro. Soltou uma casca grossa de poeira. Eu ficaria uma semana embaixo daquele chuveiro. Saí do banheiro com os dentes escovados e a roupa limpa.

— Vestido assim, vão expulsar você da Associação dos Moradores de Rua de Perdizes — Luiza disse.

— Empresta a sua cama por dez minutos? — joguei o corpo no colchão.

— Quero mostrar uma coisa pra você depois — Luiza baixou a persiana. — Fecho a porta?

— O que você quer mostrar?

— Dorme aí. Mostro depois.

Pluguei o carregador do celular na tomada e configurei o despertador para tocar em trinta minutos. Apesar do cansaço, não preguei o olho. A possibilidade de Andressa chegar me deixava ligado. O travesseiro de Luiza fedia a maconha. Reparei também na caixa com tarja preta de Escitalopram na mesa de cabeceira. Quem era eu para pedir satisfações àquela altura do campeonato? Roubei uns comprimidos. Fui à sala.

Deitada no sofá, Luiza trocava mensagens no telefone. Sentou quando percebeu a minha presença. Perguntou se o sono havia passado. Para não explicar que o encontro com ela e a volta ao apartamento me deixaram ansioso, menti que tinha um compromisso. Perguntei o que ela queria me mostrar. Luiza trouxe do escritório um violão com cordas de náilon.

— Convenceu sua mãe a comprar?

— Muita coisa mudou entre nós duas depois que você sumiu.

— Fez aulas?

Luiza disse que aprendera os acordes pela internet. Tocava algumas músicas com ajuda de cifras e tinha feito uma pra mim. Sentei na ponta do sofá para escutar. O violão era grande para o corpo de Luiza. Escorregava da perna de apoio enquanto ela estudava a formação dos acordes. Depois de alguns pequenos ensaios desarranjados, anunciou que estava pronta. Luiza trocava os acordes fora do tempo. Cantava bem desafinada. Talvez atrapalhada por eu estar ali. Ou porque não levava o menor jeito pra música mesmo. A letra da canção falava de alguém que havia partido. Não me lembro bem. As frases se embaralhavam com a imagem de Luiza compenetrada em acertar a posição dos dedos no braço do violão. Às vezes, Luiza espiava a minha reação. Era uma cena bonita. Não havia um novo Mozart ali. Havia a menina que peguei no colo, agora crescida, seguindo em frente apesar de tudo que é incerto. A música não chegou ao fim. Luiza escondeu que chorava. Eu também.

15

Voltei ao salão de beleza da Camila. Ainda fechado. A papelaria em frente estava aberta. Uma senhora com o cabelo branco muito comprido e uma saia jeans que cobria os joelhos organizava caixas de presentes na prateleira. Perguntei se ela conhecia Camila, do salão. A senhora fungava o ar pelo nariz entre as frases. Disse que conhecia, sim. Uma piranha. O melhor era eu me afastar. Os prédios estavam caindo porque existiam pessoas como Camila no mundo.

— Faz sentido o que você diz. Vim cobrar uma dívida que ela deixou em aberto no mercado do meu pai — quase acreditei na mentira. — Pela graça de Deus, meu velho está doente. A senhora sabe onde eu encontro ela?

A senhora apontou para uma casa de portão azul perto do salão. Agradeci. Ela disse que oraria pela saúde de meu pai. Saí da papelaria imaginando, caso Deus existisse, para onde enviaria a prece pela saúde de alguém falecido. Talvez houvesse no céu uma seção de orações extraviadas em que as orações recebessem carimbos do tipo "o destinatário não mora mais no endereço". Ou talvez orações relacionadas a tipos como eu, que vão para o inferno, caíssem na caixa de spam.

16

Toquei a campainha da casa do portão azul. Dentro do pátio, um pastor-alemão latia sem parar. Estiquei a mão para ele sentir meu cheiro. Fizemos amizade. Os latidos pararam até um homem careca vestindo um shorts da Adidas esgarçado aparecer na porta da casa.

— Boa tarde. Camila está? — falei alto para encobrir os latidos do cachorro.

— Quem é você?

— Eu preciso falar com a Camila. Disseram que ela mora aqui.

O homem disse para eu esperar um segundo. Entrou na casa chamando Camila aos gritos. Uns minutos depois apareceu uma garota de braços magros e cintura larga. Usava um corte de cabelo estiloso, na altura do ombro, onde trazia a tatuagem de uma estrela. Chegou perto do portão para perguntar o que eu queria. O pastor amansou. Balançava o rabo, chamava Camila para brincar.

— Sou um amigo de Daniela — eu disse. — Na verdade, acho que sou. Talvez você possa me ajudar.

A tal Camila não parecia muito simpática. Pediu para que eu explicasse que besteira era aquela. Contei a versão mais verdadeira que pude. Disse que conheci uma garota num app. Saímos uma série de vezes. Então quando os prédios começaram a cair, ela sumiu. As únicas pistas que eu tinha eram a malha de balé e a foto torta no celular. Numa conversa, o Odair comentou que a mulher da foto parecia Daniela, filha do Hélio. Depois deu o endereço do salão.

Camila pediu para ver a foto. Passei meu telefone pela grade do portão.

— Não é a Daniela.

— Você tem certeza?

— Você já pensou que essa garota não está a fim de você? — Camila me devolveu o telefone.

— Tem alguma foto da Daniela aí? — perguntei.

— Minha amiga era bem-casada. Tinha filho. Não é a Daniela.

Camila se deu conta de que eu não arredaria pé sem ver uma foto de Daniela. Tirou o celular do bolso. Revirou o álbum de fotos e mostrou uma imagem em que as duas apareciam de branco em uma noite de Réveillon. Daniela não era Georgia.

— A cidade parou, as pessoas estão perdendo suas casas — Camila limpou bem o celular na camiseta para guardar no bolso. — Não acha ridículo ficar por aí atrás de uma mina que cagou para você?

17

Apesar da raiva que me subiu durante a conversa, Camila tinha uma ponta de razão. Para quem olhasse de fora, era bem ridícula a minha situação. Eu sabia que Georgia era uma fantasia. O anjo em meio ao fogo. Eu não tinha a menor ideia do que fazer com a minha vida.

Entrei numa pira de ir ao prédio da financeira. Li no jornal que as torres da Vila Olímpia foram evacuadas. Seria fácil subir. Eu poderia morar lá. Montaria minha barraca no heliponto e esperaria o prédio vir abaixo. Para uma vida sem sentido, me pareceu uma ideia poética. Eu dentro da minha barraquinha fedida no topo do monstrengo enquanto a estrutura do prédio tremia. Lá fora o sol se punha na direção do Morumbi e transformava a água podre do rio Pinheiros num espelho que refletia a poeira da torre desmoronada engolir minha vida.

18

Quando a psiquiatra recomendou meu afastamento, não fui ao escritório entregar o atestado. Avisei a garota do RH por e--mail. Chamei um motoboy, que entregou o documento. JP me ligou na mesma manhã. Minha vontade era não atender. Nem tive tempo de explicar por que não apareci. JP sabia do diagnóstico. Disse para eu ficar tranquilo, aproveitar o tempo com a família, pôr a cabeça no lugar. Qualquer ajuda que precisasse, podia contar com ele. Inclusive a casa de praia estava à disposição. Agradeci.

Nos primeiros dias de afastamento, levei uma coberta para o sofá e fiz dali um ninho. Não trocava o pijama. Levantava só para cozinhar. Durante o almoço, Luiza me observava com pena e puxava assunto. Queria entender por quanto tempo eu ficaria em casa, como fiquei doente e tudo o mais. Eu não sabia as respostas. Mudava de assunto. Perguntava sobre as amigas e os garotos. Luiza se fazia de desentendida. Mudava de assunto também e quem reinava era o barulho dos talheres na louça.

A presença de Luiza me incomodava. Afastado por invalidez do trabalho. Dopado de remédios. Jogado no sofá sem a menor ideia do que faria. Eu queria desaparecer, e não que uma adolescente se juntasse a mim no meio da tarde para assistir à comédia antiga na televisão. À noite, a presença de Andressa me incomodava ainda mais. Aquela mulher cheia de saúde e sensatez esfregava a pele contra a minha e meu pau não reagia por conta dos remédios.

Eu saía pouco de casa. Ia ao mercado ou à padaria. Encontrava idosos e desocupados com roupa de academia pelo caminho. O contato com qualquer pessoa me constrangia. Começou a rolar uma paranoia contra todos. Eu me sentia julgado. Inútil.

Como se não tivesse problemas suficientes, cismei com Andressa. Revirava a mala quando ela voltava de viagem. Cheirava as roupas à procura de algum perfume masculino. Espiava dentro da bolsa, as anotações no bloco de notas. Levei três dias até decorar o desenho que desbloqueava o telefone. Numa noite, quando Andressa entrou no banho, desbloqueei. Preferia nunca ter visto aquelas mensagens. Levantei da cama. Peguei o carro na garagem e rodei pela cidade por horas. Então decidi tomar a estrada até o litoral. Acordei na areia do Guarujá. O sol forte me atordoava.

19

Rudá apareceu na porta da barraca. Perguntou o que havia de errado comigo. Desde que voltara à tarde, não dei uma palavra. O vento da rua bateu no meu rosto. Eu não queria falar da minha tarde no apartamento, nem da conversa com a tal Camila. Senti vergonha por ser quem eu era e por sentir o que sentia. A cidade estava morta e eu em busca de um amor que nunca existiu. Não respondi a Rudá.

— Tenho algo pra você — disse Rudá e foi até a outra barraca. Voltou alguns minutos depois com a caneca de alumínio cheia de um líquido escuro.

— Deixe a Jurema te ajudar.

20

Formigas saíam da minha boca. Eu me sentia exausto. Nascia e morria ao mesmo tempo. Quase vivo. Quase morto. Quase chão. Meu corpo leve, de menino. Os cabelos finos balançavam ao vento. O vento eram os dedos de minha mãe. O vento era o Opala de meu pai em disparada na estrada. O vento era a cadeira giratória no escritório. Meu corpo de menino se contorcia no ar. Eu voava sobre os prédios. A cidade imensa se espalhava em todas as direções. As luzes acesas me distraíam. As luzes eram os olhos de Georgia. Os olhos de Laíde. Os olhos de Andressa que se replicavam no rosto de Luiza. Quem morava naqueles olhos? Quem vivia naqueles tantos apartamentos? Quantas vidas se consumiram enclausuradas entre paredes rachadas de prédios que resistiam à doença do mundo? Eu sentia o coração acelerado e a resposta de tudo correr nas veias. Sentia a resposta percorrer meu corpo, mas não via a solução. Eu via apenas o espectro negro ao pé da minha cama. Ele era o medo. A mentira. A danação. A falta de amor. A terra a tremer e eu voava com pressa. Queria uma cena, um desfecho, uma certeza, uma conclusão, mas nada bastava. Nada explicava. Só chegavam imagens soltas e abandono. Frio na barriga e abandono. Gosto de cobre e abandono. E uma vontade imensa de chorar. Formigas se derramavam dos meus olhos. Quis morrer. Quis viver. Quis uma vida toda sem medo, sem pecado ou sem perdão. Uma vida na qual eu pudesse me abraçar menino e velho num encontro final.

21

O chá de Rudá não fez bem para o meu intestino. Acordei todo cagado. O edredom que forrava o chão da barraca também. Um cheiro horrível. Limpei as pernas e a bunda com o edredom. Embrulhei tudo e coloquei do lado de fora da barraca. Precisava de um banho. Vesti um short limpo e saí. Não adiantou muita coisa. O fedor me acompanhava. Mandei uma mensagem de texto para Luiza. Perguntei se eu podia subir para tomar banho e colocar umas roupas na máquina de lavar. A resposta veio em poucos minutos. Luiza disse que estavam de saída para a casa da avó. Deixou a chave escondida no quadro da mangueira de emergência e avisou ao porteiro. Quando cruzassem a marginal Tietê na direção de Santana, mandaria outra mensagem. Levou o tempo de eu desmontar o acampamento para a mensagem chegar.

O porteiro me reconheceu. Apertou o botão para destravar o portão de ferro ao lado da guarita. Pediu para eu subir pelo elevador de serviço por conta da mochila. No fundo eu sabia que ele queria evitar reclamações dos outros moradores. Ninguém quer um mendigo fedido na área social do prédio. Há alguns meses, inclusive, talvez eu mesmo fosse o morador a reclamar se visse a cena. Fiz a volta para entrar pela garagem. Enquanto esperava o elevador, senti o intestino corcovear. Eu estava leve e fraco. Parecia não haver nada dentro de mim, mas o intestino dizia o contrário.

Encontrei a chave solitária no lugar combinado. O apartamento estava meio vazio. A televisão, o equipamento de som alemão, as plantas da sacada. Andressa e Luiza levaram o que cabia no carro e tinha algum valor. A geladeira, o fogão e a máquina lava e seca ficaram para trás, para minha sorte. Pagamos uma fortuna por ela. Quando Andressa mostrou o anúncio no encarte de jornal, não vi sentido em um aparelho que custava três salários mínimos a mais do que uma máquina comum só por ter a função secagem. Especialmente porque o nosso apartamento era servido por uma arejada área para estender roupas. Coloquei o edredom e as roupas do corpo dentro da máquina. O ciclo completo que entregava a roupa seca durava uma hora e meia. Pelado em frente à escotilha frontal da lavadora, assisti aos tecidos se misturarem com água e bolhas de sabão. Era um hipnótico balé circular. Naquela conjuntura, impossível ignorar que eu comeria durante um ano com o valor daquela máquina lava e seca quinze quilos inox da Samsung.

Levei essa ideia até o banheiro. No armário embaixo da pia, uma toalha deixada por Luiza. A água morna da ducha empurrou para o ralo a sujeira marrom que me encardia a pele. Ensaboei e enxuguei o corpo duas vezes. Depois do banho, enrolei a toalha na cintura e voltei à cozinha. Comi duas bananas abandonadas na geladeira. Faltava ainda uma hora para a lava e seca finalizar o seu supervalorizado trabalho. Passei uma xícara de café. Deitei no sofá e escorei a cabeça em uma almofada. Assistia no teto da sala a flashes do sonho que o chá me provocou. Vinha da área de serviço o contínuo ranger das polias da lavadora. E se o teto desabasse naquele instante? Talvez não fosse má ideia. Talvez fosse sorte ou o caminho natural das coisas. Olhei a tela do celular. Uma mensagem nova de Luiza.

"Estamos voltando! Esquecemos uma mala de roupas."

Corri até a área de serviço. A lavadora estava embalada na centrifugação. Eu revirava o painel digital à procura de um botão que parasse tudo quando ouvi a chave destrancar a fechadura da porta principal. Andressa entrou no apartamento sozinha e não pareceu nada surpresa ao me encontrar seminu na área de serviço. Ficou parada perto da porta. Não me movi. O que Luiza contou para Andressa no caminho de volta? Ou há dias Andressa sabia que eu rondava o bairro?

— O que você quer por aqui? — Andressa seguiu imóvel em frente à porta.

— Eu estava de saída.

— Como assim "de saída"? Por onde você andou? Quer enlouquecer a gente também?

Desviei os olhos para a máquina de lavar, que, indiferente ao mundo, iniciava o ciclo de secagem.

— Eu te procurei até em necrotério. Sabia? — Andressa continuou. — Sabia que Luiza entrou em depressão? Sabia que ela tentou se matar?

A imagem de Andressa vestida com uma legging e uma camiseta velha era familiar e estranha. Duas pontas da minha vida que se chocavam em curto-circuito.

— Você some por meses. Depois aparece pelado na área de serviço e não vai dizer nada?

— Eu não queria te ver.

— Não queria? Por que eu sempre fui trouxa e fiquei do seu lado mesmo quando você estava fodido de licença?

— Eu descobri, Andressa.

— Percebi. E precisava espancar o seu único amigo? O cara que sempre te ajudou? Há anos eu e você vivíamos um relacionamento aberto. Não era isso? Nem minha gravidez você respeitou. Eu queria transar também. Acha que o JP foi o único?

Mantive os olhos na direção da lavadora. As roupas giravam tão rápido que formavam um vulto branco dentro do tambor de metal.

— Eu fiz o teste — o som da lavadora zumbia nos meus ouvidos. — Sei que a Luiza não é minha filha. Ela não é minha filha, porra!

Não ouvi se Andressa disse algo. Eu só escutava o zumbido da máquina.

— Vocês duas eram o pouco de certo e bonito que eu tinha. Entende?

Depois de uns segundos calada, Andressa disse que sentia a minha falta. E a despeito do que ela fez, eu sempre seria o pai de Luiza. Ouvi os passos de Andressa irem até o quarto e voltarem acompanhados das rodinhas de uma mala.

— Pode usar o apartamento o quanto precisar — Andressa disse. — Deixei algum dinheiro no balcão da sala. Se quiser conversar com calma ou ver a Luiza, sabe onde nos encontrar.

Parte 5

I

Não sei quanto tempo se passou desde que encontrei Andressa. Talvez meio ano. Talvez umas semanas. Só sei que foi o tempo necessário para a cidade se tornar um túmulo de prédios. Nenhum dos grandes edifícios resistiu. O Copan, o Edifício Itália, o Martinelli, todos abaixo. Na avenida Paulista, restaram dois ou três de pé, pelo que escutei. Parece que o velho edifício da *Gazeta* foi um deles. No Itaim, Vila Olímpia e Morumbi, as torres empresariais vieram todas abaixo e a caliça obstruiu a marginal Pinheiros, a avenida Faria Lima e a Berrini. Alguns prédios menores, com cinco ou seis andares, também caíram. O receio de desabamento que no começo havia sobre os prédios mais altos se expandiu para os pequenos. O pouco trânsito que restou desviava pelas ruas internas ainda não obstruídas por escombros. Nessas ruas, grupos de desabrigados que se juntaram às milícias cobravam pedágio dos bacanas que tentavam passar. A verdade é que ninguém com dinheiro ou juízo ficou na cidade. Por aqui ficou só a miséria. Gente que revirava blocos de concreto à procura de objetos de valor. Em geral, trocavam o que achavam por comida nas feiras de rua e em frente aos supermercados que restaram abertos. Os bombeiros abandonaram as buscas. Não havia como dar conta de tanto desabamento. Os hospitais mais altos caíram também. A contagem de vítimas parou. Por questão de segurança, desligaram a energia elétrica dos bairros mais afetados. À noite, a lua era a principal fonte de luz. Os olhos se acostumaram com a escuridão. Quando um carro da polícia passava, os faróis e a sirene incomodavam a vista. A polícia era a única presença do Estado nas ruas.

2

Depois de me encontrar com Andressa, não fez mais sentido o medo de me rastrearem através das movimentações bancárias. Voltei a usar o cartão. Percebi que ela resgatou algumas aplicações. Tudo bem, não era um problema. O dinheiro que ganhei no mercado financeiro garantia minha alimentação por alguns anos. Difícil era encontrar comida. Ou pior, não ser atacado. Ao redor dos mercados, o número de pessoas pedindo comida assustava. Seguranças armados com fuzis defendiam os comércios. Numa manhã, ao sair da feira de Santa Cecília, dei uma penca de bananas e um saco de feijão para uma menina de uns nove anos. Em segundos, eu estava cercado. Distribuí toda a comida que levava na mochila. E ameacei dar um soco em um homem que grudou na sacolinha da barraca.

Também na feira de Santa Cecília escutei duas mulheres comentarem que havia novas cidades em construção. Eram horizontais, cercadas por muros, como condomínios de luxo enormes e autossuficientes. Havia hortas, criação de animais, escolas, shoppings. Essas cidades ficavam em zonas secretas. O acesso era feito por helicópteros ou pequenos aviões. Não foi difícil imaginar meus ex-colegas de trabalho disputando um lote desses. É bem provável que, se a minha vida não tivesse desmoronado, eu e Andressa compraríamos um lugar desses também.

Ainda não havia consenso sobre a causa da queda dos prédios. As teses se enredavam entre teorias científicas, notícias falsas e interesses políticos variados. O presidente da República, por exemplo, queria o adiamento das eleições por tempo indeterminado. Militares, evangélicos e uma veterana atriz de novela o apoiavam. Enquanto isso, o prefeito de São Paulo, pré-candidato à presidência, queria o pleito a qualquer custo, mesmo que com voto impresso.

3

Rudá me falou uma coisa que fez todo sentido. Não importava quantas narrativas surgissem para justificar a queda dos prédios. Não importava se as pessoas acreditavam na teoria X ou Y e, por essas crenças, se negassem a deixar os apartamentos. A natureza não pondera narrativas. A natureza é a narrativa de tudo e a morte, o ponto-final.

4

Assim como boa parte dos comércios do bairro, o estúdio de balé fechou. A malha de Georgia não tinha mais o perfume da antiga dona. De tanto rolar no fundo da mochila, cheirava a poeira da cidade. Com meu telefone sem bateria e a falta de lugares para carregá-la, encontrar Georgia se tornou uma possibilidade tão remota quanto eu me sentir em paz.

5

Não encontrei mais maconha para vender. Também desencanei de tomar qualquer medicamento com regularidade. Era raro achar uma farmácia aberta. As poucas ainda não abandonadas estavam cercadas por seguranças armados, assim como os supermercados. Sem os remédios, fiquei bem mais fodido do que costumava ser. Os efeitos da abstinência eram intermitentes. Quando percebia que estava prestes a entrar em parafuso, deitava com as costas no chão e puxava o ar pelas narinas até sentir o tórax cheio. Depois, soltava o ar pela boca. Numa dessas ondas de respirar, reparei numa amoreira próxima à barraca. E me dei conta de que uma árvore é um condomínio perfeito. As folhas protegem os animais que vivem na árvore da chuva e do vento. Os frutos alimentam os condôminos e os visitantes que voam de passagem. As árvores conversam através das raízes. Por baixo da terra, uma informa para a outra sobre fungos, ameaças, umidade do solo. Assim elas criam uma enorme rede de informação para se manterem vivas. Deitado embaixo da amoreira, me senti um idiota. Levei mais de quarenta anos para perceber que uma planta é inteligente à beça, um sistema perfeito de aproveitamento de recursos. Diferente da gente, as plantas não desenterram petróleo decomposto por milhões de anos para gerar energia. Elas seguem as regras do jogo. Absorvem a luz solar, sintetizam nitrogênio na terra e participam de um grande ciclo. O homem, não. O homem tenta sempre um atalho mais produtivo, uma forma de domesticar tudo e todos a seu serviço. E se acha esperto por isso. Acontece que o esperto nem sempre é inteligente ou sábio. Sabedoria é um fitoplâncton, composto de uma célula no fundo de um oceano instável, aprender a sintetizar energia a partir dos raios solares. Depois, através de carga genética, esse pontinho microscópico ensinar o mesmo processo a outros tantos fitoplânctons, de forma que esses seres se multiplicam tanto que o oxigênio produzido por eles muda a atmosfera do planeta inteiro. E aqui estamos nós, respirando o oxigênio que os fitoplânctons produzem misturado com a fumaça tóxica que nós produzimos.

6

Aprendi esse lance dos fitoplânctons estudando para o vestibular. Nunca mais esqueci. É engraçado como a memória da gente funciona. Não lembro em que ano estou, mas me lembro da página 76 do livro de biologia que explicava a formação da atmosfera. Deve ser pela vontade enorme que eu tinha de cursar uma faculdade e sair daquele emprego merda na padaria. Atualmente, não sei se algumas lembranças são mentira ou verdade. Não sei o que vivi ou inventei. Ou se inventei a lembrança a partir de algo que vivi ou de um sonho. Talvez não haja diferença.

7

Das lembranças que me aparecem com frequência, a melhor é a de uma tarde com a Georgia. Faz calor pra cacete. Eu saio do banho meio molhado e sento em frente ao ventilador. Na televisão, passa uma reprise de *Karatê Kid*. Georgia toca a campainha no momento em que o sr. Miyagi põe Daniel San para polir os carros antigos. Georgia me beija ainda na porta. O suor sobre o lábio de Georgia se mistura com as salivas. A gente transa em pé, escorados no cantinho de parede ao lado da geladeira. Terminamos no sofá acompanhados pelo som de pancadaria dos Cobra Kai espancando Daniel San na festa da praia. Georgia pede para tomar uma ducha. Fecho um baseado que mais parece a tocha olímpica. Acendo quando ela volta do banho, sem toalha, sem roupa, com o cabelo molhado. A gente fuma e termina de assistir Daniel LaRusso triunfar sobre o loirinho da academia Cobra Kai usando o chute do marreco manco. Quando o filme acaba, a gente coloca um disco do Gil para tocar. E brisamos pelados no sofá sem nada para fazer a não ser um passar a mão pelo corpo do outro até a noite chegar.

8

Outra lembrança. É uma viagem de carro para a cachoeira de Matilde, no Espírito Santo. Luiza tem cerca de sete anos e, durante as dez horas de viagem, faz as mais diversas perguntas. Desde "por que o céu é azul?" até "por que as meninas têm vagina?". Eu e Andressa nos revezamos para responder. A cada três horas, paramos em algum posto de gasolina para ir ao banheiro e tomar café. Num posto, perto de Macaé, no estado do Rio de Janeiro, eu peço para o frentista completar o tanque com gasolina aditivada. Na loja de conveniências, Andressa ajuda Luiza a escolher um salgado. O frentista pergunta se Luiza é minha filha. Respondo que sim. O sujeito comenta que sou um cara de sorte por ter uma família bonita assim. No dia seguinte, enquanto aposto corrida com Luiza para entrar na água gelada da cachoeira, a voz do frentista se repete: um cara de sorte.

9

Entre todas as lembranças, a que menos arrisco dizer que é verdadeira se passa no começo da minha adolescência. Eu tenho doze anos. Meu pai diz que sou quase homem e decide me levar a um forró. Me empresta uma camisa dele. É de manga curta, vermelha, de um tecido que imita seda. Visto orgulhoso. Toda a cidade reconhece aquela camisa de Mestre Carlos. No forró, eu sou assunto logo ao chegar. Depois fico de lado para os adultos encherem a cara e se esfregarem ao som do trio pé de serra que toca uma música atrás da outra sem intervalo. Mesmo sozinho numa mesa do salão, bebendo refrigerante quente, me sinto filho de meu pai. A camisa vermelha curtida com o perfume de Mestre Carlos me garante esse lugar. Na volta para casa, meu pai diz que preciso aprender a dançar ou nunca vou comer uma cocota. É o mais próximo de um abraço que Mestre Carlos me dá.

10

Passavam das três horas da tarde. Comi apenas uma banana pela manhã, a última. Não havia mais comida na mochila. Bati palmas em frente à barraca de Rudá. Ele dormia de barriga para cima com uma camiseta sobre o rosto.

— Desculpe te acordar — eu disse. — Tem alguma coisa pra comer?

— Tem um pouco de capuchinha e taioba, que colhi pela manhã.

Fora de cogitação comer de novo aquele inço que Rudá catava nos canteiros e frestas de meio-fio. Experimentei duas vezes. Quase vomitei.

— Preciso de comida de verdade.

— Para ser comida de verdade não precisa de código de barras. Sabia?

— O.k. Não quis ofender. Bora comigo? Tenho alguns trocados ainda.

Rudá se espreguiçou ainda deitado. Rolou uma cambalhota para sair da barraca.

— Beleza. Minha agenda não está tão ocupada assim.

Desmontamos as barracas e organizamos as mochilas. Depois que a lanchonete do Odair fechou, cada busca por comida se tornou uma expedição. O último mercado aberto ficava próximo à avenida Pacaembu. Descemos até lá. Sem carros nas ruas, o mais seguro para manter a distância dos prédios era caminhar pelo asfalto.

— Já reparou que eles estão voltando? — disse Rudá.

— Eles quem?

— Não reparou — Rudá apontou para o alto de uma árvore, onde dois pássaros enormes de asas pretas e pescoços brancos pegavam sol. — Carará é o nome deles. Não são só os pássaros que voltaram. Escutei à noite as pegadas de uma suçuarana.

— Tem onça em São Paulo? — ajeitei a mochila nas costas.

Rudá disse que os animais nunca deixaram São Paulo por completo. Onças, preguiças, veados e tantas outras espécies viviam na terra indígena de Tenondé Porã, na reserva do Capivari. A reserva ligava o extremo sul da cidade, depois de Interlagos, à faixa de mata atlântica até o litoral. Com a mudança no ritmo da cidade, os animais sentiam segurança de andar por outros territórios.

— Você vivia em Tenondé Porã?

— Lá vivem os guaranis. Meu povo é outro.

Perguntei como Rudá acabou na rua.

— E se eu sempre estive na rua?

— Fala sério, Rudá. Qual a tua história?

— Você sentiu fome. Quis ir ao mercado, me convidou e aqui estou eu caminhando pra comer e, depois, se tudo der certo, voltar a dormir. Essa é minha história agora.

Não puxei mais assunto. Alguns passos adiante, Rudá parou. Disse que o homem valoriza demais essa coisa de memória. O que a gente chama de memória é uma série de histórias editadas de forma traiçoeira, quase sempre contada pelos vencedores e escrita por gente vaidosa. Rudá não disse mais nada até chegarmos ao mercado da avenida Pacaembu. Encontramos a porta de ferro com cadeado. Um cartaz escrito à mão informava que a loja foi desativada e a filial mais próxima ficava na avenida Angélica.

Rudá se pendurou na grade da janela lateral para espiar dentro da loja. Não sobrou nenhum resto de estoque. Tiramos as mochilas das costas e sentamos junto ao meio-fio. Em frente ao mercado, os cacos de concreto de um prédio caído obstruíam a rua. Tentei lembrar como era o prédio. Não surgiu imagem alguma. Lembrei apenas da praça ao lado dele. Ficava junto a um barranco. Tinha três níveis o terreno. Na parte mais baixa, próxima à avenida, ficavam as armações de metal que seguravam os balanços e uma gangorra.

— A gente tem companhia — Rudá cortou a minha explicação sobre a praça.

Um grupo de oito cachorros caminhava rápido na nossa direção. Pequenos, grandes, com diferentes pelagens, e todos com olhares famintos. Como um policial, o cachorro branco, que mais parecia uma mistura de rottweiler com labrador, tomou a frente e se aproximou para me revistar. Farejou minhas mãos e a mochila. Os companheiros vinham na cola. Cercaram Rudá.

— Fica calmo. Eles já vão — Rudá moveu apenas os olhos.

Um cãozinho invocado de pelo emaranhado mostrou os dentes para nós. Desatou a latir. Chamava os demais para irem embora. O pequeno insistiu até que o líder branco o reprimiu com uma dentada na altura do pescoço. O cãozinho chorou fino e revidou com uma mordida na orelha do chefe. Como um incêndio, os outros cães entraram na briga. Levantei assustado e senti uma fisgada na perna. Não sei qual deles me mordeu. Corria sangue pela panturrilha. A barra da meia ensopada de vermelho. Usei a mochila para me proteger de outros ataques. Ganhei distância e sentei uns metros longe da briga. Rudá catou uma vareta da barraca e fez a cachorrada correr.

II

Amarrei a camiseta ao redor da panturrilha para estancar o sangue. Eu precisava lavar a mordida. Fazer um curativo. Caminhei com Rudá até o meu ex-apartamento. Ninguém na portaria. O elevador, fora de serviço. Subimos pelas escadas. Para não forçar a perna, apoiei o peso do corpo no ombro de Rudá. Encontrei a chave no lugar de sempre, o quadro da mangueira de emergência. Fui direto ao banheiro do corredor. Abri o chuveiro. A água fria descascava o sangue coagulado. Esfreguei o sabonete até espumar bem. Na primeira enxaguada, surgiram quatro furos feitos pela mordida. Dois rasgos fundos ainda sangravam um pouco. Ensaboei por alguns minutos mais. Fechei o registro do chuveiro e sentei na tampa da privada para tirar, da primeira gaveta da pia, o kit básico de remédios que Andressa deixava para Luiza. Peguei uma bisnaga de Nebacetin e gases para fechar a mordida.

Encontrei Rudá sentado no tapete da sala com as pernas cruzadas. Perguntou se limpei bem a mordida. Levantei a perna para ele ver o curativo.

— Você vive mais um pouco — Rudá apontou para a porta da cozinha. — Deixaram algo pra você.

Sobre o balcão da pia, uma caixa de papelão cheia de mantimentos. Macarrão, molho de tomate, arroz e uma série de produtos não perecíveis. Junto à caixa, um envelope com uma carta de Luiza. Rudá surgiu na porta e interrompeu a leitura.

— Vocês tinham um belo lar aqui — Rudá caminhou até a área de serviço e parou junto à janela de vidro. A lua cheia destacava a serra na borda da cidade. Um pouco abaixo da serra, luzes aglomeradas denunciavam as casas da periferia. Mais próximo de nós, as janelas de prédios espaçados.

Contei que, desde que saí da casa do meu pai, sempre acreditei que todos os problemas se resolveriam quando eu comprasse um lugar pra morar. Não importava o tamanho. Desde que fosse um canto tranquilo para eu esquecer do mundo.

— Acho que muita gente pensava assim. A casa era o último refúgio da certeza. Então, os prédios vieram abaixo — disse Rudá. — Onde tem uma panela?

Mostrei a porta do armário embaixo da pia. Rudá pediu desculpas pela liberdade, sentia fome. Escolheu uma panela de inox média. Tirei da caixa um pacote de macarrão e uma lata de atum. Deixei no canto do balcão de granito. Rudá encheu a panela com água e pôs no fogão para aquecer. Perguntou por que eu não estava com a minha filha. Eu enrolei. Disse que, apesar da decoração cara e dos móveis planejados, era complicada a minha vida naquele apartamento.

— A vida é mais do que você imagina e menos do que você gostaria que fosse.

Fiquei alguns segundos em silêncio com aquela frase.

— Se acha tudo tão simples, por que vive sozinho?

— Quem disse que estou sozinho?

Interrompi Rudá. Se ele preferisse, não precisava contar nada, mas aquela conversa mole sobre "o planeta me faz companhia" não colava. Rudá deixou o garfo com o qual mexia o macarrão sobre o tampo da pia.

— Você quer saber por que não vivo com outros índios? É isso?

Fiz sinal de positivo com a cabeça.

Rudá contou que a história do seu povo eu conhecia. Foram mortos aos poucos. Os brancos queimaram as casas, a escola e a mata. Cercaram a reserva para plantar soja e construir sítios de final de semana. Rudá veio com outros mil pancararus de Pernambuco para a favela do Real Parque, na Zona Sul da cidade. Alguns anos depois, puseram fogo na favela também. Disse ainda que, se tivesse a família viva, estaria com eles.

— Queria pensar igual a você, no duro — eu disse. — Talvez fosse mais fácil se eu não viesse de um lugar onde homens são educados só para ganhar dinheiro, pagar contas e competir.

Rudá despejou o macarrão na panela sem comentar nada. As bolhas de água amoleceram os fios de espaguete escorados na borda de inox. Ajeitei o banquinho de madeira para sentar e descansar a perna.

— A Luiza não é minha filha — eu disse. — Descobri há pouco tempo.

— Por isso abandonou sua família?

Perguntei o que Rudá faria se descobrisse que a menina que ele criou por catorze anos não é sua filha.

— Todo mundo faz merda. Você nunca fez? A menina sente você como pai. E, apesar do medo, você vê ela como filha. Acho que vocês deveriam estar juntos, ainda mais num momento louco igual a esse.

— O.k., vou anotar aqui.

Rudá misturou o atum com o molho de tomate em uma panela menor e riu da minha falta de argumentos.

12

Fazia quase duas semanas desde que o cachorro havia me atacado. A carne da panturrilha não inflamou. Cicatrizava bem. Depois do episódio da mordida, eu carregava comigo uma ripa de madeira com dois pregos tortos na ponta. Ela impunha respeito. Nenhum outro cão se aproximou.

Era verão. Durante o dia fazia muito calor e, perto do anoitecer, caíam bombas de chuva. Por mais que o canteiro fosse alto, a lona da barraca não dava conta. Infiltrou água sei lá por onde. Além disso, os galhos arrebentavam com o vento e o peso das gotas. Não era seguro dormir na praça.

Numa dessas tardes, o vento úmido antecipou que viria água. Desmontei a barraca e dei um toque em Rudá. Melhor a gente procurar um abrigo. Ele concordou. Levantou o acampamento rápido.

— Vi um estacionamento umas quadras lá pra baixo — Rudá colocou a mochila nas costas. — Não tem prédio colado e pareceu ter vagas cobertas.

— Abandonado?

— Quantos carros você viu por aqui esta semana? — Rudá puxou a caminhada.

Pedi para andarmos devagar. A perna ainda doía um pouco. Passamos por três garotos que caminhavam no sentido contrário. Um deles carregava um pedaço de pau com o qual cutucava os companheiros. Acenamos em sinal de paz. Nunca vi os três pela região. Talvez algum deles tivesse maconha. Não deu tempo de perguntar.

Chegamos ao estacionamento acompanhados pelos primeiros pingos de chuva. Espiei pelo vidro da guarita. Vazia. O cadeado do portão, violado. Como Rudá nunca falou desse lugar antes? Atravessamos o portão. À direita, havia um Fusca sem rodas e sem vidros. Deixaram a carcaça escorada em quatro pilhas de tijolos. O estacionamento era um terreno retangular comprido. Devia medir uns dez por oito. A cobertura de telhas das vagas acompanhava os muros. No centro, o espaço de manobra descoberto. Nossos passos sobre a brita chamaram a atenção de quem ocupava um sedã verde também depenado ao fundo do estacionamento. Era uma família. A mãe pôs a cabeça para fora da janela. Gritou para ficarmos longe. Não queriam confusão. No banco de trás, o pai segurava uma menininha de quatro ou cinco anos. Nos minutos seguintes, a menina se esticou para nos ver montar as barracas embaixo de uma das vagas. O temporal despencou. A luz do sol sumiu por completo. Rudá deixou um pote plástico na chuva para captar água limpa. Sentamos no chão na frente das barracas. Os pingos espessos turvavam a vista. A família no sedã era uma massa disforme. O vulto da menininha chegou até a beira do telhado e estendeu a mão para sentir a pressão da água que caía da calha. Os pais se ajudavam na tentativa de acender uma fogueira. Aquela menina cresceria num mundo bem diferente do que a gente conheceu, comentei e atirei uma brita na direção do Fusca.

— Espero que ela tenha a sorte de crescer — disse Rudá.

A menina foi para a chuva. Ensopada, improvisou sua piscina numa poça.

— Amanhã vou procurar Andressa e Luiza. Vem comigo?

Rudá agradeceu. Pegou o pote cheio de água. Bebeu um gole e me ofereceu. A água fresca desceu pela garganta. Devolvi o pote quase vazio. Perguntei qual era o plano de Rudá sozinho pela cidade.

— Ver a natureza dar conta de tudo — Rudá recolocou o pote na chuva.

A mãe percebeu a criança na poça. Correu para tirar a filha da água. A criança não queria sair. Fugiu para longe e fez a mãe se molhar. Quando a mãe a alcançou, as duas riram. Brincaram um pouco com a água. Voltaram para a parte coberta de mãos dadas. A mãe secou a filha com uma toalha. E estendeu as roupas molhadas próximo à fogueira.

— O que acha de a gente convidar eles para jantar?

Rudá gostou da ideia.

13

Assim que a chuva parou, nos aproximamos da família. Perguntei se comiam carreteiro com a gente. O pai tomou a frente. Segurava um sarrafo e mandou a gente ficar longe. A mãe perguntou se a gente tinha carne. Rudá tirou um pedaço de carne de sol da mochila. Com um olhar cruzado, o casal acertou o consenso. A mãe ofereceu um pedaço de linguiça para dar gosto e se prontificou a cozinhar.

O pai pegou o arroz e a carne das mãos de Rudá. Entregou à esposa. Nos aproximamos devagar e trocamos apresentações. A mãe se chamava Martina. A menina, Isadora. O pai, Cláudio. Sentamos ao redor do fogo. Martina contou que vinham de Santo Amaro. Ela preparava comida congelada com a irmã. Cláudio entregava. Numa tarde saíram para comprar ingredientes, o prédio caiu com a irmã de Martina dentro. Havia três semanas a família vagava pela cidade.

Quando terminou de preparar o carreteiro, Martina pegou Isadora no colo e puxou a oração. Agradeceu a comida e pediu também que Nossa Senhora guiasse a alma da irmã. Depois tirou a panela do fogareiro e serviu o pratinho de plástico que repartiu com Isadora. Comemos em silêncio a maior parte do tempo. Agradeci a Martina pelo carreteiro. Rudá disse para eles ficarem com o que sobrou.

Eu e Rudá voltamos para as barracas. Uma corrente de vento forte levava as nuvens para longe e revelava um céu recém-lavado, sem fumaça, estrelado. Reconheci as Três Marias e o Cruzeiro do Sul, únicas referências de constelações do meu repertório. De dentro da barraca, puxei papo com Rudá. Perguntei se não animava mesmo a ir comigo a Santana. Não recebi resposta. Ou ele dormia ou se poupou de responder outra vez.

14

Na manhã seguinte, tentei ligar o celular. A ideia era perguntar para Luiza se estavam em Santana. A bateria zerada. O jeito era arriscar. Desmontei a barraca. Arrumei a mochila. Fui à porta de Rudá.

— É hora.

Rudá saiu da barraca com a cara amassada de sono. Estendeu a mão.

— Foi um prazer, irmão.

Apertei a mão de Rudá.

— Uma pena que você não venha comigo — tirei da carteira a metade do dinheiro que levava comigo. Entreguei a Rudá. Insisti até ele aceitar. Rudá colocou o dinheiro no bolso e me deu um abraço. Desejou boa sorte.

Ganhei distância de Rudá como se esquecesse algo. Conferi. Mochila. Barraca. Ripa com pregos. Eu levava tudo o que tinha. Acenei para Isadora, que brincava com as britas do chão do estacionamento. Sentado numa caixa de madeira, Cláudio assistia à filha brincar. Agradeceu pelo carreteiro da noite anterior. Martina ainda dormia. Pedi para Cláudio deixar um abraço. Juntei uma brita do chão e guardei no bolso da bermuda como recordação.

15

Desci até a avenida Pacaembu. Andei pelo asfalto. As árvores do canteiro central ganharam a companhia de arbustos e diferentes espécies de capim. Escombros de prédios obstruíam a entrada do viaduto próximo a Santa Cecília. Subi nos cacos de prédios caídos. Contornei por cima do viaduto. No outro lado da Pacaembu, algumas barracas. Nenhum carro. Um cachorro branco e um homem de boné farejavam os sacos de lixo à procura de comida. Nem me viram passar.

De uma forma estranha, o território da cidade renascia para mim. Essa nova superfície possuía uma geografia sensível a aclives e declives. O tipo de detalhe que você só percebe quando não está ilhado no ar condicionado do carro ou dentro de um ônibus com outras setenta pessoas, todas exaustas depois de um dia massacrante. Reparei que crescia mato na estação da Barra Funda. Uma centena de metros adiante, passou uma viatura de polícia com a sirene ligada. Depois, o silêncio dos meus passos contra o asfalto.

Próximo à ponte da Casa Verde, uma revoada de maritacas apontou um pequeno bosque que se formava na rotatória. Com a pressão do sangue, a panturrilha doía um pouco. Aproveitei a sombra. Parei para descansar o corpo. A cabeça girava a milhão. Será que Andressa e Luiza aceitariam o meu retorno? Será que Luiza me queria mesmo como pai? E JP, por onde andava? E Georgia? E se Georgia mandasse uma mensagem de texto dizendo que estava viva, bem, e que sentiu minha falta e queria muito me ver? O que eu faria? O que Mestre Carlos diria dos prédios caídos? E minha mãe? Será que os cientistas chilenos estavam certos? Ou os de Chicago? Ou o calendário maia? Ou o bispo? E se um grupo de cachorros me atacasse?

Voltei a caminhar. Cruzei a ponte da Casa Verde. Uma família de capivaras caminhava junto à margem de concreto do rio Tietê. Na avenida Brás Leme, as raízes das árvores no canteiro central rachavam o asfalto. Assim como na Pacaembu, o inço crescia forte. Eu seguia. Levava comigo nenhuma certeza. Um passo atrás do outro. Um inspirar atrás do outro. Cheguei à casa de Clara, mãe de Andressa, no fim da manhã. Encontrei as persianas fechadas. O corredor lateral, onde parávamos o carro, vazio. Descansei a mochila no chão e bati na porta. Lá dentro, nenhum som de passos ou conversa. Bati mais uma vez e sentei para esperar. Não havia ninguém por lá.

16

Lembrei do quintal de Clara. Pulei o muro lateral da casa. Encontrei alguns pêssegos no pomar e água na torneira do tanque de lavar roupas. Pluguei o carregador de celular na tomada onde ligavam a máquina de lavar. Sem energia. A porta dos fundos, trancada. Revirei os vasos de planta à procura de uma chave reserva. Olhei também dentro dos potes plásticos na lavanderia. Não achei chave alguma. Arrombei a porta com um chute que arrebentou o marco de madeira em dois pedaços pontudos. Clara ia me encher de osso pela porta quebrada. Paciência. Dentro do armário da cozinha, alguns restos deixados para trás. Um saco de café fechado com prendedor de roupa. O saleiro. Saquinhos de temperos quase vazios. Uma garrafa de óleo de girassol pela metade. A geladeira e o fogão não estavam mais lá. Abri a caixa de luz. Não havia energia mesmo. A sala e os quartos sem móveis. Nenhum pedaço de fita adesiva no chão nem caixas de papelão vazias. Imaginei os vultos de Clara faxinando a casa antes de sair. Luiza no carro inconformada com o preciosismo da avó. Andressa ponderando para Clara que na volta fariam uma boa limpeza. Abri as janelas para entrar ar fresco. Pelo vazio da casa, parecia uma mudança definitiva. Não voltariam tão cedo. Foram pra onde? Eu não fazia a menor ideia.

17

No começo da noite, caiu um puta temporal. Recolhi a barraca do pátio. Baixei os vidros das janelas e sentei na área coberta da lavanderia para assistir à chuva. Mesmo com o gramado alto, dava para perceber que o desnível do pátio empoçava água. Será que Rudá ficou no estacionamento? Ou procurou outro abrigo? Martina e Cláudio eram boa gente. Provável que Rudá ainda estivesse com eles.

Quando o pé-d'água parou, entrei na casa para estudar onde dormir. O antigo quarto de Davi pareceu a melhor opção. Voltei à lavanderia para buscar a mochila. O barulho de passos vindo de trás das árvores me chamou a atenção. O vento passeava nas folhas. Alternava força e direções. Os galhos acompanhavam o vento num balé improvisado. Peguei a ripa com os pregos. Olhei alerta por entre os troncos. Atrás de uma laranjeira, encontrei um par de olhos grandes. Olhos verdes fixados em mim. Não piscavam. O bicho não se movia. Parecia um daqueles animais empalhados. Até que movimentou uma das orelhas e percebi o restante do corpo. Segurei firme a ripa com os pregos. A luminosidade da lua dourava o pelo bege que se estendia das costas até o rabo. O rosto sério de um gato crescido. Os bigodes e a penugem ao redor da boca, brancos. O corpo maior que o de um cachorro grande. Mais silencioso também. Rudá chamaria de suçuarana. Para mim, era uma onça-parda em seu horário de caça. Em Alfenas, diziam que você nunca encontra uma onça. É a onça que encontra você. Ela deu três passos lentos. Espiei a distância até a porta.

Ao meu movimento, a onça parou de novo. A cabeça permaneceu inclinada para a frente, como se a qualquer instante pudesse atacar. E se atacasse? Eu não tinha mais nada. Nem família, nem Georgia, nem casa, nem porra nenhuma. Eu nem ao menos sabia se depois de uma semana teria o que comer. É curioso, ali na frente daquele animal, eu senti apenas que não queria morrer. A onça era linda. De uma elegância perfeita. A ideia do seu corpo abatido, sangrando, me deu calafrio. Ou talvez fosse medo. Não me movi. A onça armou as patas traseiras, mas permaneceu imóvel. Séria. Firmei a mão no cabo da ripa sem desencostar a ponta com os pregos do chão. Os pensamentos se apagaram. Naquele instante, só existiam os olhos da onça. Era como se fôssemos feitos da mesma substância. Tivéssemos o mesmo espírito. Ocupássemos o mesmo lugar. Quando a onça avançou, fui certeiro com os pregos no pulmão do bicho. O tranco do golpe quase me derrubou. Acertei mais duas pauladas próximo à cabeça. A onça recuou atordoada. Mostrava os dentes. Ameacei mais um golpe. A onça pulou para a borda do muro com a facilidade de quem atravessa a rua. Sumiu no terreno vizinho.

18

Na manhã seguinte, caminhei de volta a Perdizes. Procurei por Rudá no estacionamento. Depois no canteiro onde acampávamos e nas ruas ao redor. Procurei Rudá por dias até entender que estava sozinho. Nesse momento, não havia mais prédios para desabar. Nem o meu antigo apartamento resistira. Eu não queria mais saber de teses para explicar a queda dos prédios. Acho que nenhuma pessoa que eu encontrei se importa mais com essas teorias, até porque nada é confiável. O que importa é estar vivo. Mesmo sem saber até quando. Mesmo sem saber ao certo o porquê. Eu sigo em frente, talvez pela esperança de encontrar Luiza e Andressa. Talvez pela ilusão de saber o paradeiro de Georgia ou Rudá. Talvez pela força inexplicável de escrever neste caderno e esperar que no futuro alguém descubra que, mesmo sem nada, eu tentei. Não tenho resposta fechada. Todas as certezas caíram. E me parece que restou apenas a verdade que sempre resta: a natureza dando conta de tudo. Indomável, sem cercas, sem juízos. Bela. Para além da razão humana, por todos os lados. Livre das paredes, dos telhados, das narrativas e das definições. Fluida e transparente. Uma eterna tempestade em que a vida brinca de vencer a morte.

© Mauro Paz, 2023

Todos os direitos desta edição reservados à Todavia.

Grafia atualizada segundo o Acordo Ortográfico da Língua
Portuguesa de 1990, que entrou em vigor no Brasil em 2009.

capa
Laerte Coutinho e Elisa v. Randow
composição
Jussara Fino
preparação
Leny Cordeiro
revisão
Gabriela Rocha
Jane Pessoa

Dados Internacionais de Catalogação na Publicação (CIP)

Paz, Mauro (1981-)
Quando os prédios começaram a cair / Mauro Paz.
— 1. ed. — São Paulo : Todavia, 2023.

ISBN 978-65-5692-539-4

1. Literatura brasileira. 2. Romance. 3. Ficção
contemporânea. I. Título.

CDD B869.3

Índice para catálogo sistemático:
1. Literatura brasileira : Romance B869.3

Bruna Heller — Bibliotecária — CRB 10/2348

todavia
Rua Luís Anhaia, 44
05433.020 São Paulo SP
T. 55 11 3094 0500
www.todavialivros.com.br

fonte
Register*
papel
Pólen natural 80 g/m²
impressão
Geográfica